LA VIDA ALREDEDOR DEL LAGO

ExLibric

RAFAEL LOMAS VILLEGAS

LA VIDA ALREDEDOR DEL LAGO

EXLIBRIC
ANTEQUERA 2026

LA VIDA ALREDEDOR DEL LAGO
© Rafael Lomas Villegas
Diseño de portada: Dpto. de Diseño Gráfico Exlibric

Iª edición

© ExLibric, 2026.

Editado por: ExLibric
c/ Cueva de Viera, 2, Local 3
Centro Negocios CADI
29200 Antequera (Málaga)
Teléfono: 952 70 60 04
Fax: 952 84 55 03
Correo electrónico: exlibric@exlibric.com
Internet: www.exlibric.com

ISBN: 979-13-88079-58-0
Depósito Legal: MA 43-2026

Impresión: PODiPrint
Impreso en Andalucía – España

Nota de la editorial: ExLibric pertenece a Innovación y Cualificación S. L.

RAFAEL LOMAS VILLEGAS

LA VIDA ALREDEDOR
DEL LAGO

El dolor y la felicidad.
La dualidad intrínseca del amor.

Prólogo

Daniel, un malogrado bailarín de *jazz*, dueño de una escuela de danza, se debate por sobrevivir ante el dual efecto del amor: la euforia de la felicidad y la agonía del adiós.

Al tiempo, en un romántico intento por salvar la parcela física de su pasado, implica todas sus energías en una lucha frontal ante el nuevo modelo empresarial acaparador de las grandes superficies.

Una lucha de fuerza desigual, de resultado incierto.

1

Las secuelas del baile

Había sufrido recientemente una lumbalgia aguda, secuelas del baile al que estuvo entregado tantos años, con la dedicación que le infundía aquella pasión por la danza, en la que se resumía su vida.

Una vez liberado de los dolores posoperatorios, que le habían tenido inmovilizado en cama todo el mes de julio, el Dr. Felipe Roncal, hijo del venerado Arturo Roncal, que tantas lesiones le había curado en el pasado, le indicó que debería andar diariamente de manera progresiva, hasta recobrar de nuevo la movilidad y la condición física habitual, pues hasta aquel contratiempo seguía conservando un buen estado de forma, fruto del hábito al ejercicio como parte de su filosofía de vida. Este hecho le hacía mantener un aspecto atlético que ocultaba una edad muy alejada de sus setenta y cinco años.

En la soledad de su vida en aquel verano, decidió dedicar el mes de agosto a recuperar la salud, que su vieja espondilólisis vertebral intentaba arrebatarle.

Aunque había nacido tierra adentro, era un enamorado del mar, al que consideraba la mayor expresión de la naturaleza.

Dado que ese año no iba a cumplir con la necesidad ineludible de visitar la playa, pensó llevar a cabo los paseos recomendados por el doctor en otro entorno marinero.

Del conglomerado de hormigón y asfalto, en los límites de Madrid, surgía un imaginario mar que cobraba realismo en el lago de la Casa de Campo.

Ese sería el destino de los matutinos paseos por la «playa» de aquel mes de agosto.

2

Camino de la playa

El día uno de agosto amaneció raso. El cielo azul se mostraba inmaculadamente limpio de nubes, y una ligera brisa agitaba los castaños de la calle José de Cadalso.

Decidido a desafiar su precario estado de salud, apeló a la colaboración del Toyota automático recién comprado. Este vehículo, al carecer de embrague, evitaba hacer presión con la pierna, implicando la musculatura de la zona lumbar. La conducción se haría cómoda con el mínimo esfuerzo.

Ya, cerca de la «costa», bajando por el Paseo de la Puerta del Ángel, frente a la casita encantada del metro Lago, a lo lejos, por la Almudena, el sol comenzaba a asomarse por el horizonte. Con la compañía del programa matutino de Javier del Pino de la Cadena Ser, se estaba aproximando a la «playa».

A esas tempranas horas el tráfico rodado era escaso. En el paseo que delimitaba el pinar de la zona de hostelería, algunas furgonetas descargaban el avituallamiento para los restaurantes que acababan de abrir. Al tiempo, la población canina comenzaba a hacerse presente, en una competición de multitud de razas que sus dueños exhibían con ufano orgullo.

El radiante día que se mostraba ante sí transmitía la constatable euforia del verano.

Decididamente, atravesó la arboleda, donde el sol, desafiante, intentaba abrirse paso entre los troncos de los pinos, arañando el suelo de un sinfín de sombras alargadas, con el «mar» al fondo.

En el trayecto, de uno de los restaurantes que bordeaba, los camareros, aún sin uniforme, se disponían a montar las terrazas, pensando en la inminente afluencia de clientes para los desayunos.

Al llegar a la orilla, el pequeño océano en calma invitaba a una sosegada contemplación del entorno.

3

Caminando por la orilla

Sentado en un banco instalado estratégicamente para el deleite del escenario, observaba a lo lejos, como el sol empujaba la torre de España, hasta depositar su silueta sobre la superficie del gran estanque. Al tiempo, un piragüista madrugador surcaba aquellas mansas aguas, en sentido contrario de la trayectoria de un majestuoso ganso. Tras hacer la última visualización del perímetro del lago, decidió ponerse en marcha.

El propósito era caminar suavemente. Después de haber estado encamado todo el mes de julio, se sentía entumecido y con la musculatura de la zona lumbar un tanto contracturada, además de un ligero dolor vertebral que aún mantenía.

No tenía prisa, disponía de todo el mes de agosto por delante. Todo lo que daba de sí un mes de vacaciones, para cumplir con el objetivo de recuperar la salud perdida.

La idea era ir haciendo paradas a lo largo del recorrido, reduciendo las mismas en la medida en que el progreso de su estado de forma lo determinase.

A esas horas (las ocho de la mañana), el sol se limitaba a iluminar el día, sin la dureza de sus rayos un par de horas más tarde.

A imagen de lo que solía hacer en la playa, se quitó la camiseta. Bañado por la luz solar y envuelto en una acariciadora brisa, comenzó el lento paseo.

Nada más iniciar la marcha, comprobó que elegir aquel motivante circuito no había sido una brillante idea exclusiva de él.

En pocos minutos, a aquella ruta se iban incorporando usuarios que, dada su deficiente movilidad, de manera silenciosa parecían tener un objetivo común: la mejora del estado físico, alterado por alguna cirugía o trastorno biológico.

Aun con aquella manifiesta dificultad en el desplazamiento, resultaba desmoralizador como aquellos le adelantaban de manera humillante.

Después de diez minutos de lentísimo caminar, por el paseo junto a la barandilla de la zona oeste, frente a los restaurantes, decidió hacer la primera parada.

Mientras se recuperaba del inesperado esfuerzo, observaba el público marchador que pasaba ante él, en aparente estado de concentración mirando al infinito. Algunos mostraban un curioso lenguaje corporal, que implicaba una concienzuda reflexión en su análisis. Otros, la conclusión parecía evidente. Era el caso de un hombre entrado en años, que caminaba con manifiesta dificultad, arrastrando una pierna que mantenía rígida. De este personaje, además de aquel inconveniente físico, llamaba la atención el ritmo y la velocidad a la que se desplazaba. Caminaba muy deprisa.

Tras un razonable descanso, distraído con aquellos disciplinados caminantes, se dispuso a ganarle nuevamente metros a la ruta.

Nada más levantarse de un poyete, donde había permanecido sentado aquel rato, pasó por delante un nuevo y curioso marchador.

Parecía un hombre de edad avanzada y se valía de la ayuda de dos bastones de montañismo, que sincronizaba a la perfección con su torpe zancada. Se mantenía a pocos metros de distancia, a una velocidad aparentemente lenta, que intentó tomar como ritmo de referencia. Una apreciación errónea, pues el «abuelito», poco a poco, se iba distanciando inexorablemente, ante su asumida impotencia. Aquel tangible dato indicaba el nivel en el que se encontraba su estado físico, tras el forzado tiempo de sedentarismo.

Terminó asumiendo el hecho. Avanzaba con el cuerpo herméticamente erguido, concentrado en el impacto suave de la pisada. El adelantamiento continuo de aquellos «competidores» no lo desmotivaba, era el primer día de la puesta a punto.

Tras sumar diez minutos más de caminata (ese era el tiempo planificado), llegando a la curva junto al club de remo, se dispuso a realizar un nuevo descanso. A poca distancia, en el embarcadero, con poca actividad en aquellas horas, destacaba un variopinto grupo mixto de hombres y mujeres, que se sometían a las órdenes del que parecía más veterano, en una sesión de calentamiento que no todos cumplían. Los más mayores parecían preferir aplicar los conocimientos de su experiencia, ejecutando otro método apartado del grupo.

Ellos y ellas mostraban una curiosa imagen individual a través de la indumentaria. Cada uno la llevaba diferente, y parecía que deliberadamente muy usada. De esta manera, seguramente pretendían dejar patente el paso del tiempo y los conocimientos acumulados en la navegación.

Además de la vestimenta, también se diferenciaban en la edad, estatura y volumen. Los había muy entrados en años, con cierto exceso de peso, en contraste con un chico y dos mujeres, de insultante juventud.

Todos llevaban un pañuelo atado a la frente, también diferente el uno del otro. Pero, sobre todo, había un rasgo físico notablemente diferenciador. Eran los tatuajes.

Los había de todas las tendencias, aunque parecía constatarse una rivalidad por la superficie de piel sacrificada para la exposición artística. En algunos y unas, el espacio de piel liberado se circunscribía a la cara. El cuello también era aprovechado como soporte pictórico.

Tras la exhibición preparatoria de aquellos marineros antes de zarpar, en una barca que parecía una trainera, dio por terminado la contemplación del espectáculo, procediendo a continuar con la preparación programada.

Caminaba lentamente bordeando la embarcación, donde el adiestrado equipo de remeros iba ocupando sus puestos, al tiempo que el «capitán», y encargado de manejar la caña (el timón), de pie, firme en su puesto, les iba explicando el plan de trabajo de aquella mañana.

Tras subir un pequeño repecho, y dejar a un lado el atraque de barcas y piraguas, terminaba el paseo adoquinado que el gran estanque tenía siguiendo una valla de acero en la orilla sur.

Ahora, el recorrido en el lado este entraba en una zona de tierra que, con objeto, se decía, de conservar el espíritu ecológico del lugar, se mantenía a lo largo de esta orilla. Aquí, además del cambio de «pista», también cambiaban los integrantes de aquella sórdida carrera de participantes anónimos, intentando ganar salud.

De aquellos personajes en fase de rehabilitación, entre los que se encontraba él, se incorporaban experimentados marchadores de fondo que, por el ritmo y la velocidad que exhibían, claramente debían de frecuentar asiduamente aquella ruta.

De entre los «consagrados» atletas desplazándose velozmente, contrastaba un nuevo personaje caminando muy despacio por aquella pista de rehabilitación. Vestía todo de negro; camiseta, pantalón corto, y calcetines hasta las rodillas del mismo tono, así como un paraguas que llevaba desplegado, también de color negro.

Como ya se habían cumplido los rigurosos diez minutos de camino, paró frente al Centro Entomológico, para hacer un nuevo descanso y, de paso, observar aquel extraño compañero de ruta, en proceso de algún tipo de recuperación.

A cada poco, aquel circuito se confirmaba como un evidente centro clínico. En este caso, el diagnóstico que presentaba el curioso sujeto parecía fácilmente predecible.

Caminaba encorvado, como él, con lo que la conclusión de su dolencia procedía de la espalda. El uso del paraguas, dado que mostraba una piel muy blanca, debía estar motivado por padecer algún tipo de xerodermia, que requería de la protección solar. La imagen que proyectaba era terrorífica.

4

Los deportes acuáticos

Mirando como se alejaba aquel cuerpo negro, colgado de un paraguas, se dispuso a seguir caminando, siguiendo aquella orilla del agua.

En línea recta hacia el final, el «mar» penetraba a la derecha, formando un pequeño golfo, donde se distribuían campos acuáticos de kayak polo, donde los participantes de un partido iban apareciendo, equipados de coloristas palas y cascos. Estos, a diferencia de los ocupantes de la trainera, sí mantenían la uniformidad.

Un nuevo banco, situado en un espacio elevado sobre la barandilla, serviría de descanso en la ordinaria parada, invitándole a contemplar aquel poco fomentado deporte.

Durante el desarrollo del partido se ponía de manifiesto el dominio que imponía la técnica en cualquier disciplina física. Era admirable como recuperaban la verticalidad, dando la vuelta sobre la canoa bajo el agua, sin perder el ritmo de desplazamiento. Asimismo, el uso de los cascos estaba justificado por la presencia de las palas en el desarrollo del juego. Estas hacían de prolongación de los brazos en la conducción de la pelota. También hacían de manopla cubriendo la portería. Todo en un frenético contacto de maderas, donde convenía proteger la cabeza.

Un tanto interesado en la evolución de aquel curioso partido, abandonó el confortable banco, sin dejar de prestar atención a las incidencias de este, al tiempo que iba bordeando aquella lengua de agua que conectaba con el lago.

Ahora se proponía alargar más el tiempo caminando.

Cerca de unos quince minutos, una intensa molestia en la zona lumbar le obligaba a detenerse de nuevo. Esto sucedía junto al monumento de la marina (personalizado en una enorme ancla), donde un nuevo personaje, haciendo estiramientos sobre el césped, le llamó la atención.

Vestía completamente de blanco, incluidos unos calcetines exageradamente subidos hasta las rodillas. A tenor de sus voluminosos senos, debería de tratarse de una mujer, pero a medida que se aproximaba a un banco ubicado cerca del monumento (el ancla), y a la «gimnasta», esta, a pesar de su cuidadoso maquillaje, su anatomía hercúlea no podía evitar poner de relieve su inequívoca identidad. Se trataba de un travesti.

Pasó un buen rato en aquel asiento, recuperando fuerzas, y observando el manifiesto empeño de aquella persona, por revertir su forzada realidad biológica.

Con el final de la ruta a la vista, se dispuso a cumplir con el objetivo de aquel primer día de ejercicio: hacer un estudio del recorrido y evaluar su estado de forma.

Retomó la última etapa del paseo, tomando la referencia de una mujer que le antedecía, con un perfil que parecía adaptarse a su condición física. Calzaba unas livianas chanclas de verano, y vestía un vaporoso vestido de flores. Era una vestimenta muy alejada de la indumentaria pseudoprofesional que usaba la concurrencia que transitaba por aquel circuito de marchadores.

A los pocos minutos de intentar mantener el ritmo que le proponía la veraniega «atleta» de vestido floreado, se puso de manifiesto la equivocada relación que mantenía la vestimenta de aquella con el nivel atlético que exhibía. A pesar de que intentaba llegar al límite, ya que se trataba del último esfuerzo de la mañana, la camuflada atleta se alejaba inexorablemente cada vez más.

A la altura del restaurante El Urogallo, desistió de la inútil persecución, optando por dirigirse a la terraza del bar más cercano, en busca de un reparador desayuno.

Sentado en una mesa a poca distancia del agua, disfrutaba de un *croissant* recién hecho, acompañado de un exquisito café caliente, deleitándose con el paisaje.

Al fondo del «mar», por el este, una sucesión de edificios monumentales conformaban el horizonte. La torre de España, el Palacio Real, la catedral de la Almudena y la basílica de San Francisco el Grande. Aunque lo que acaparaba todo el interés en ese momento estaba en el mirador del lago, situado a poca distancia de la terraza donde desayunaba.

Se trataba de una escultura viviente.

Era morena, y llevaba recogida su media melena con una coleta. A través de un pantalón corto de color negro, exhibía unas piernas perfectas, así como la idónea proporcionalidad de todo su cuerpo.

Aprovechaba la estructura metálica de aquella sólida barandilla con vistas, para estirar en una sensual coreografía de movimientos danzantes, que eclipsaban el resto del monumental entorno.

Contemplando aquel «paisaje», sentía el deseo censurado por una juventud lejana y extinguida.

Al día siguiente, a la misma hora (las ocho de la mañana), en el aparcamiento paralelo a la zona de restauración, se encontraba asistiendo al mismo trasiego de furgonetas, en el abastecimiento de aquellos negocios. Los mismos camareros, en el afán de ir adelantando el trabajo, comenzaban a montar las terrazas. Tal como sucedía el día anterior, esto lo hacían con la ropa de calle, prescindiendo de la imagen profesional, que imprimiría el uniforme minutos más tarde.

Atravesando el bosque de árboles camino de la «playa», el sol quería filtrarse en la alambrada de hojas de los pinos, cayendo al suelo en cálidos borbotones de luz.

La mañana, como una réplica de la de ayer, iba naciendo, siguiendo el mismo ritmo de crecimiento.

Todo el paisaje cobraba vida de manera idéntica. Incluso, algunos personajes volvían a aparecer, como parte de la dinámica vital del concurrido espacio de entrenamiento y rehabilitación.

Era el caso de aquel hombre que caminaba arrastrando la pierna. Este, como para no alterar la hipotética escena cinemato-gráfica, incurriendo en un fallo de *raccord*, llevaba puesta la misma camiseta de tirantes, de color amarillo intenso, así como las gafas de sol con cristal de espejo, haciendo juego con aquella prenda. También eran de color amarillo.

Pensando que, a lo largo del mes de agosto, pudiera ir coinci-diendo con alguno de aquellos «conocidos», decidió adjudicarles un sobrenombre que hiciera referencia algún rasgo preponde-rante. A este lo bautizaría como el pirata, por el parecido de su pierna rígida, con una de palo.

Se iba acercando al restaurante La Taberna, punto de partida en la mañana de rehabilitación, decidido a mejorar el ritmo del día de ayer.

Tras asegurarse de que conservaba en los bolsillos las llaves de casa, del coche, el móvil y la cartera, se dirigió al paseo adoquinado junto a la barandilla, siguiendo la orilla del agua.

Esa mañana se había marcado solo tres paradas, sin tener en cuenta el tiempo. Una en la curva del embarcadero, la otra frente a los campos acuáticos de kayak polo, y la última en el monumento al ancla.

Caminaba decidido pensando en aquel propósito, intentando dosificar el ritmo que le permitiera cumplir con aquel objetivo, cuando a la altura del restaurante El Lago, se vio sorprendido por un individuo de aspecto llamativo.

En el lateral ajardinado que transcurría a lo largo del paseo de adoquines, iban surgiendo en posición inclinada unas hamacas de madera con diseño anatómico, como ornamento práctico de uso colectivo.

Prescindiendo de aquella altruista oferta municipal, un hombre de una corpulencia inusual había transportado hasta aquel punto de inmejorable panorámica su hamaca plegable. Tendido boca arriba, con los brazos abiertos, parecía implorar el mayor acopio de bronceado.

La tez blanca y su considerable envergadura sugerían un lugar de procedencia vikinga.

Tras una leve reflexión, buscando el apodo más apropiado para el voluminoso «hombre de las nieves», este surgió de inmediato: el oso blanco. Este sería el nombre de referencia para aquella descomunal criatura.

Mientras se ratificaba en el mote que le había adjudicado al llamativo mozarrón extranjero, avivó la marcha que había ralentizado, en el proceso de búsqueda del nombre apropiado.

Se sentía cómodo caminando. Percibía un ligero avance en su recuperación que le hacía pensar en una exponencial mejoría.

A medida que se iba acercando a la primera parada, la mañana se avivaba, marcada por la incorporación de nuevos marchadores y el movimiento ascendente del sol, que, en aquel momento, se asomaba mostrándose por la mitad, tras los pinos del embarcadero.

Al llegar a aquel punto, donde estaba previsto el primer alto en el camino, se detuvo para descansar mínimamente, no quería alargar la pausa. Aunque la mejora física le invitaba a continuar la ruta, su sentido del rigor le hizo cumplir con lo que se había pactado. Cinco minutos de descanso.

Al igual que la mañana anterior, los remeros y piragüistas preparaban las embarcaciones, poniendo todo el esmero en sacarle brillo al casco. También, en poner a punto la musculatura, mediante el ritual de calentamiento ya conocido. Una musculatura centrada en el tren inferior, en contra del aparente exclusivo uso de los brazos. Ellos y ellas mostraban unas piernas incuestionablemente poderosas.

Mientras contemplaba aquel vigoréxico ambiente, se disponía a pasar frente a él un conocido personaje, aún sin «bautizar».

Era el abuelo que se ayudaba con los bastones de esquí de fondo. A este lo llamaría Johann, en honor del campeón olímpico alemán Johann Mühlegg.

Reanudó la marcha dejando a un lado aquellos deportistas y sus embarcaciones, camino del siguiente descanso, frente a los campos de kayak polo.

Había aumentado claramente el ritmo, lo que ponía de manifiesto una evidente mejoría. Esto le hacía justificar aquel plan de recuperación.

Pensando en el constatable dato, tuvo que abandonar la línea recta que llevaba, para dejar espacio a una curiosa pareja que trotaban en paralelo. Se trataba de un chico con su perro. Aunque técnicamente iban trotando, la velocidad que imprimían en su desplazamiento era mínima. De hecho, algunos marchadores los adelantaban sin ninguna dificultad. Podría decirse que prácticamente trotaban en el sitio. A estos «atletas» los bautizaría como la pareja mixta.

Antes de llegar al siguiente punto de descanso, y contraviniendo su riguroso programa de trabajo, se detuvo frente al Centro Entomológico, para contemplar el espectáculo que sucedía en aquellas mansas aguas.

Dos traineras emparejadas competían disputándose la diagonal del lago, al ritmo castrense que parecía ordenar el portador de la caña (el timonel). En una embarcación, las órdenes las daba un hombre, y en la otra una mujer. Los gritos que amplificaba la acústica de la naturaleza, con un cierto eco, se hacían oír con tono de orden intimidante.

—Fuerzaaaa —decía desgañitándose el timonel masculino.

—Paladaaa —con grito desgarrador, más agudo que el del contrincante, decía la timonel femenina, que gobernaba la trainera que marchaba en cabeza.

Resultaba ciertamente espectacular la sincronización y la velocidad que imprimían las furiosas tripulaciones.

La siguiente competición que se desarrollaba en aquel mar en calma eran dos partidos simultáneos de kayak polo, que iba observando sin dejar de caminar, mientras bordeaba los campos de juego acuáticos.

Dando como computada la parada, mientras asistía a la competición de los remeros, ahora quedaba pendiente descansar en el monumento al ancla.

Al entrar nuevamente en el perímetro ancho del lago, abandonó el piso inestable de tierra, para tomar un camino de asfalto paralelo al estanque y compartirlo con los pseudoprofesionales del ciclismo, que protestaban por la usurpación de su territorio.

El paso veloz de la escultural chica (la diosa del lago, así la llamaría), en compañía de un consumado (eso parecía) grupo de fondistas, lo alivió de cargar con toda la responsabilidad de aquel allanamiento.

Tras el plácido paseo por el asfalto, que se alejaba en una curva, volvió al camino de tierra, con el ancla ya a la vista.

Allí, en el mismo sitio, se encontraba aquella persona de sexo indefinido, que se empleaba a fondo en ejercicios de tonificación, usando el peso de su cuerpo como lastre. Por sus voluminosos pechos, y adjudicándole el sexo femenino, a este personaje lo bautizaría como Rocío Jurado. Aunque para abreviar, al referirse a ella, solo la llamaría Rocío.

Ya en el último tramo de la ruta, era adelantado por la chica de la mochila, con la misma falda de flores y el mismo inalcanzable ritmo. También era llamativo su genuino estilo. Mientras caminaba, braceaba de manera ortodoxa con la mano izquierda, mientras la derecha la mantenía completamente estirada sujetando el móvil, que colgaba de aquel brazo en absoluta verticalidad. A esta la llamaría la atleta camuflada.

Mientras aquella oculta atleta se alejaba, a la altura de un majestuoso pino con la visión más panorámica del estanque, que, además, contaba con un banco para la contemplación, era sobrepasado por dos nuevos deportistas, de aquella noria de curiosos participantes. Un hombre y una mujer.

El hombre caminaba a una velocidad endiablada, con un estilo muy particular. Mantenía el cuerpo ligeramente encorvado y los brazos rígidos, con un balanceo pendular muy enérgico, a modo de patinador de velocidad. A este lo llamaría el patinador.

Ella, con una felpa roja en la frente y un cuerpo muy estilizado, trotaba empujando un carrito de bebé, con el bebé dentro.

Como componente de aquel infantil vehículo, este contaba con el correspondiente sonajero. Era una especie de campanita arenosa, perfectamente audible, que alertaba de su paso con aquel sensible ocupante. Por su rápido desplazamiento, a este dúo lo llamaría cochecito veloz.

Estaba terminando el recorrido marcado por una clara percepción de mejoría, lo que le llevaba a dirigirse al restaurante La Taberna, para disfrutar de un apetecible y merecido desayuno, en el marco incomparable de aquella terraza, con vistas a la reinante luminosa mañana.

Antes, decidió hacer uso del banco, bajo la enorme sombrilla del pino protector, para disfrutar del paisaje.

El entorno era idílico. El sol iba escalando altura sobre un cielo inmaculadamente azul, y las embarcaciones de remeros, en sus diferentes modalidades, navegaban alrededor del potente géiser, que acababa de ser activado.

Abandonado al merecido descanso en aquel estratégico punto de visión, sentía transitar la vida alrededor de la gran balsa de agua, de la mano de aquellas variopintas gentes. Como complemento de aquella imagen pictórica, al fondo, tras la barandilla del paseo adoquinado, un músico comenzaba a amenizar la mañana a los acordes de una flauta.

Aunque estaba a mucha distancia del otro extremo del «embalse», la acústica del lugar hacía que la melodía fuera nítidamente audible.

Envuelto en una relajante atmósfera, un hombre con exquisita amabilidad le pedía permiso para compartir aquel asiento. Tenía exceso de peso y exhibía un pronunciado bigote arropándole la boca con un genuino estilo. Junto con su acento, marcaba una inequívoca procedencia. Era de México. Le dio la mano, al tiempo que le decía su nombre y el lugar de origen.

Tras hacer, conjuntamente, un elogio al aporte que el flautista hacía al espléndido paisaje, el extrovertido mexicano le desveló que también era músico y, a la pregunta del motivo por el cual se encontraba en España, este comenzó por hacerle una extensa exposición de su vida, previa a la pregunta concreta. Concluyó diciendo que formaba parte de una banda de música itinerante por todo el mundo, que en aquellos días actuaba en Madrid.

Él había adoptado aquel banco como lugar de relajación tras la caminata. No tenía intención de intimar con aquel desconocido, y tampoco estaba dispuesto a que este le alterara la plácida mañana.

Interrumpió la disertación de aquel personaje hablador, disculpándose por tener que perderse el interesante relato. Al tiempo que se ponía de pie, en señal de huida y con impostado interés, le preguntó dónde tocaban, para poder asistir al concierto.

Nuevamente, como sucedió cuando llegó, mostrando aquel gesto caballeresco, se levantó para estrecharle la mano y decirle que sería un honor tenerle como espectador. El concierto, le dijo, lo hacía su grupo de mariachis todos los días, en la Puerta del Sol.

Llegó a La taberna del lago, para disfrutar del demandado desayuno en la mesa elegida, que ofrecía un plano general del entorno, cuando fue sorprendido por un curioso individuo. Estaba frente a él, sentado de espaldas en un banco. Parecía que estaba tomando el sol, liberado de la camiseta.

Inmediatamente, llamó su atención el motivo pictórico que llevaba dibujado en la espalda.

Se trataba de un tatuaje que le cubría íntegramente aquella zona del cuerpo.

Era un retrato de Rocky, donde el famoso boxeador de la pantalla aparecía fielmente reflejado, con su inconfundible gorrito y la pelota de goma apretada en la mano.

A este lo llamaría Rocky Balboa.

Después de veinte días de diario ejercicio, haciendo el camino con aquellos asiduos compañeros, se fue produciendo un inevitable acercamiento. Al principio solo era un saludo gestual con la mirada, cada vez que se cruzaban. Después, el saludo se verbalizaba con un escueto «buenos días», que iba cristalizando en una obligada amistad, que permitía tener conocimiento de ciertos datos personales de cada uno. La unión iba surgiendo a medida que, de vez en cuando, al compartir la ruta en armoniosa tertulia, se iban contando la vida.

A punto de terminar aquellas «vacaciones», ya se conocían todos. Además de las charlas caminando, el tiempo dedicado al desayuno después del «trabajo» propiciaba una mayor información.

5

El patinador

Era un hombre enjuto, tenía 55 años, aunque su aspecto atlético le hacía parecer más joven. Tenía cuatro hijos que vivían con su exmujer en Italia. De profesión era catador de vinos, de una importante empresa vinícola, que no se supo por qué, nunca reveló su nombre. Su dedicación al matutino ejercicio venía dada tras la fatalidad de contagiarse de COVID. Como recuperación de aquella afección respiratoria, el médico le recomendó caminar diariamente.

Al principio, aquello que resultaba ser una imposición, por prescripción médica, se había convertido en una incontrolable adicción.

6

El cochecito veloz

Aquel carrito de bebé lo conducía una chica de 27 años, de profesión farmacéutica, y participante en maratones. Su estado civil era soltera, recién separada, decía. Tenía un hijito de diez meses, el mismo que ocupaba aquel coche en absoluto silencio.

Aquella descabellada manera de correr la justificaba aludiendo cubrir dos necesidades, según decía: una era para ahorrarse la guardería, ya que no tenía con quién dejar al pequeño, y la otra, como parte de su personal método de entrenamiento. Sostenía que el peso del carrito y su ocupante le proporcionaban un consistente lastre para aumentar la potencia.

A las nueve y media terminaba la sesión preparatoria, ya que, a las diez en punto, abría la farmacia que regentaba en el Paseo de la Florida. Al trabajo también le acompañaba el pequeño Hugo. Así se llamaba, el futuro atleta… o piloto de coches.

7

El pirata

Era un hombre de 49 años, fresador de profesión, en aquellos momentos en paro.

Estaba casado con una mujer rumana, que trabajaba en La Paz como enfermera titulada; esto último le gustaba recalcarlo. Decía estar muy enamorado. No tenía hijos. Su único *hobby* era seguir al Real Madrid allí donde iba. Se consideraba un futbolista frustrado, debido a una fatídica lesión de ligamento cruzado, cuando jugaba en los juveniles del Rayo.

Tras un accidente de moto, había sufrido una operación reciente para restaurarle la tibia y el peroné, así como el tendón rotuliano, afectados por el golpe. Su dedicación diaria al ejercicio era una imposición del cirujano, que él aceptaba resignadamente, con objeto de conseguir otra manera más ortodoxa de caminar.

Era vegetariano y no fumaba ni bebía alcohol, aunque se reconocía como asiduo consumidor de cocaína, a la que no consideraba una droga nociva. Sostenía que el consumo de coca implicaba menos toxicidad y adicción que otras permisivas drogas sociales, absolutamente lícitas.

Dada su proximidad al centro de «rehabilitación» (vivía en la Colonia del Manzanares), insistía diariamente en doblegar la anclada rigidez de su pierna, fruto de una poco solvente cirugía.

8

Rocío

Era natural de Sevilla y tenía 31 años. Muy «devota», decía, de Marifé de Triana.

Era habitual sorprenderla haciendo sus ejercicios, tarareando Torre de Arena, la canción emblemática de la célebre tonadillera.

Se lamentaba de vivir solita en un piso del paseo de Extremadura (cerca de allí), y presumía de ser artista, trabajando por las noches de gogó en un club de alterne en la calle Capitán Haya. Confesaba, orgullosa, tener dos pasiones: su gata, Marifé, y el Real Betis Balompié.

En la cercanía, daba una imagen radicalmente opuesta a la que proyectaba en la distancia, desafiante y provocativa. Era una persona humilde y sensible, poco ambiciosa, que soñaba con ser aceptada tal como era, como única meta vital.

9

La atleta camuflada

Era de Logroño, muy defensora de los vinos de La Rioja, de los que decía, no deberían faltar en una buena comida.

De 42 años, confesaba arrastrar un negativo bagaje sentimental, fruto de dos casamientos, abortados por sendos fatídicos accidentes de tráfico, con resultado mortal. Tenía dos hijos. Uno con cada uno de sus malogrados maridos.

Trabajaba como bióloga en el zoo. Centro de trabajo en el que comenzaba la jornada a las once y al que se desplazaba andando, como añadido al entrenamiento diario.

Vivía por la zona de Campamento con una profesora de piano lesbiana. Sexualidad a la que se había adherido, como descubrimiento tardío, de su auténtica inclinación amorosa. Confesaba ser adicta a los crucigramas.

10

Johan Muller

Jubilado de 76 años, exprofesor de la Facultad de Ciencias de la Información, con una personalidad muy marcada ideológicamente. Presumía de ser de izquierdas, y se llamaba Fermín. Con aquel rojo (así le gustaba definirse), sostenía interminables charlas durante los desayunos, una vez concluida la irrenunciable caminata.

Algunos días, tras una larga y vehemente exposición de asuntos sociales, muy puntuales, en que naturalmente estaba implícita la política, enlazaban el desayuno con la comida. Aquella mañana, era una de ellas.

Se lamentaba, decía, de la deriva del mundo hacia postulados individualistas, anulando la acción colectiva. Sostenía que se estaba conformando una sociedad hipócrita, manipulada mediáticamente, donde un delito constatado, podía convertirse en una asumible mentira.

Decía no entender cómo la clase trabajadora tenía asumida la mentira de que la riqueza de la patronal les salpicaba también a ellos. Era constatable que el poder adquisitivo menguante de estos contrastaba con el crecimiento desmesurado de la cuenta de resultados de la patronal.

Tras encender un cigarrillo (su confesable adicción), el combativo profesor volvía a la carga:

Con gesto reflexivo, aseguraba que la falta de movilización social y oposición a los gobiernos propiciaba un enquistamiento y lectura equivocada de la desigualdad social, por parte de la población joven, sin referencias históricas. Una parte cada vez más numerosa de la sociedad, que ponía en cuestión la propia existencia de la democracia. Una idea, aseguraba el viejo profesor, altamente peligrosa.

De esta devaluación del sistema, culpaba directamente al gobierno.

Apoyado en el estímulo del tabaco, exhalaba reflexivamente el humo, lanzando una pregunta: Cómo un gobierno, llamado de izquierdas, podía afirmar que la economía del país iba bien, cuando el alquiler de la vivienda superaba la media del salario del trabajador.

A esta crítica gubernamental, añadía que era indignante cómo a la ferocidad especulativa de la economía de libre mercado no se la intervenía en casos concretos, que atentaran a derechos sociales, de interés común, como era el derecho de poder acceder a una vivienda.

Fermín, aunque con aquella edad avanzada, mostraba un lenguaje corporal enérgico y una contagiosa vehemencia en sus convicciones.

Enviudado, vivía solo en un piso viejo heredado, por la zona de Moncloa. Era amante de la montaña y seguidor del Bayer München. Así, en alemán, pronunciaba el nombre del equipo de Múnich, ciudad en la que había vivido como emigrante hacía una eternidad, decía.

Confesaba padecer una incomprensible contradicción. Afirmaba que era abstemio, aunque consumado bebedor de cerveza.

11

Mary Poppins

Antonio tenía 59 años, con un rechazo crónico a los rayos solares, y era gerente del Ciprés. Uno de los elitistas restaurantes de 5 tenedores, ubicados en la zona noble de la Casa de Campo.

Pamplonés de nacimiento, su juventud había transcurrido en un seminario de Navarra, donde había decidido entregar su vida a Dios. Una decisión que se vio alterada por una incompatibilidad biológica, a los ojos de Dios. Así lo definió el abad del centro sacerdotal.

Después de tres años entregado a la fe, descubrió que era homosexual; cosa que debería poner en conocimiento de la autoridad eclesial, a fin de liberar su alma de aquel intruso lastre.

Abandonó el seminario, pero no su condición de acusado invertido, ya que, según sus propias palabras, continuaba siendo más maricón que un palomo cojo. Aunque se definía de esta manera, no mostraba signos externos de esta sexualidad. No tenía pluma. No era visible su tendencia sexual, a no ser que él lo confesara.

En contra de su aspecto serio enlutado, era divertido y con extraordinario sentido del humor. Decía vivir felizmente en pareja, en un apartamento de la Plaza Marqués de Salamanca, con el metre de la empresa.

12

La diosa del lago

Una mañana, mientras desayunaba en La Taberna, ocuparon una mesa cercana un grupo mixto de edades parecidas. Todos tenían aspecto de hacer mucho deporte y, claramente, no eran de los que andaban por allí recuperando salud.

Entre ellos estaba la Diosa del Lago. Se hospedaban en el hotel La Florida, muy cerca de La Casa de Campo.

Decían que iban por aquel lugar a correr todos los días, por eso les era familiar. No así ellos para él, que los confundía con el resto de los jóvenes corredores habituales por aquella zona. Incluso ella, entre la masa, no lucía de la misma manera. Sola no pasaba desapercibida.

Era un grupo multirracial, aunque predominaba la raza blanca. También eran multiculturales, en el sentido de que procedían de varios países. La presencia latina era la más reducida. De entre los veinte componentes de aquella pandilla, solo dos hablaban español. Un chico peruano y la diosa que era de origen argentino. Él se llamaba Alberto y ella Claudia.

Tras confesarles que él procedía de la danza, de inmediato se produjo una constatable empatía.

Le contaron que todas las mañanas utilizaban aquel recinto para coger fondo y quemar calorías, antes de irse a ensayar al teatro monumental, donde formaban parte del cuerpo de baile del musical *Los miserables*.

Su amor por la danza le hacía empatizar con aquellos jóvenes soñadores. Pronto surgió una fluida comunicación, canalizada a través del eficiente traductor Alberto.

Como los veía un tanto perdidos en aquella desconocida ciudad para ellos, se prestó para hacerles, altruistamente, de anfitrión por Madrid a final del mes, una vez concluido su programa de recuperación. Una propuesta recibida con unánime entusiasmo.

A partir de entonces, todos los días antes de iniciar la carrera por el interior de aquel bosque, le buscaban en su circuito por la orilla del lago, para saludarlo y recordarle aquel señalado día.

Como para reforzar los lazos de aquella incipiente amistad, una noche decidió ir a ver aquella representación musical. Lo hizo de incógnito, para no crear la necesidad de ser invitado.

Una vez localizado su asiento, y tras el soborno de una estimulante propina, le pidió al acomodador, un señor con muchas canas, y muchos años iluminando el número de las butacas, que le llevara al camerino de los bailarines. Al tiempo que le hacía aquella petición, le fue enumerando el nombre de casi todos ellos, para dejar constancia de la cercanía que les unía.

Aquel espacio lleno de espejos parecía convertido en una sala de calentamiento, donde el boxeador en una noche estelar se prepara para el combate.

Aquella conocida atmósfera lo inundaba de recuerdos, le hacían retroceder en el tiempo, donde a través del baile y su fogosa juventud, se disponía a desafiar el mundo.

Aunque la sorpresa de verle allí sin avisar fue mayúscula, la responsabilidad les hacía estar concentrados para el momento. Parecían querer dejar la euforia para el final, después del trabajo.

Quedaron a las once y media en la terraza La Lírica de Antón Martin, frente al teatro.

En aquel espectáculo todos rayaron a gran altura, aunque Claudia bailando brillaba sobremanera.

Todos sudorosos y sedientos, acudieron a la hora pactada en La Lírica.

Como retomando el encuentro en el camerino, ahora liberados de toda responsabilidad y nervios, se mostraban eufóricos y honrados, decían, por la inesperada visita que pretendían agasajar, invitándole a cenar en aquel bar especializado en raciones.

Aceptó cenar con aquellas envidiadas estrellas a condición de que le acogieran como un miembro más, que hacía frente al importe de su cena.

Camino de la plaza de Santa Ana, donde había dejado el coche, le llegaban imágenes de aquellos virtuosos bailarines derrochando arte, a través de la plasticidad inagotable de la expresión corporal. Arte que el público valoraba con insistentes aplausos, como aquellos de los que él se alimentaba y le hacían justificar la vida.

13

Rocky Balboa

Trabajaba de celador en el turno de noche del hospital La Paz.

A la salida del trabajo, antes de llegar a su casa de Campamento, se detenía en la Casa de Campo para cumplir con el ritual que llevaba haciendo toda su vida. Hacer *footing* por la mañana temprano.

Estaba a punto de jubilarse, y presumía de haber sido boxeador, y haberse fajado en una ocasión con Dum Dum Pacheco. Un exlegionario conocido boxeador de los años setenta, célebre por protagonizar épicos combates. Épicas peleas, donde al borde del *KO*, los adversarios no conseguían derribarle.

Uno de aquellos memorables combates fue el que tuvo lugar en el Palacio de los Deportes, entre el mencionado Dum Dum Pacheco y Tony Ortiz, un cordobés de Fuenteovejuna, con vitola de figura, señalado por la prensa como futuro campeón de Europa.

Los dos púgiles habían aparecido el último mes en la prensa, instigándose mutuamente.

Estas provocaciones eran gestos impostados, muy asumidos en el mundillo del boxeo, y que la prensa alentaba, creando una atmósfera bélica de máxima expectación.

En esta ocasión la puesta en escena se estaba situando en unos indeseables límites.

Las acusaciones mutuas, referidas a la inferioridad boxística, iban dando paso a otras más insultantes y ofensivas, atentando contra la vida privada, que provocaban réplicas y contrarréplicas cada vez más encendidas, que aumentaban a medida que se iba acercando el día de la pelea.

La tensión la noche del combate era máxima. Del primero al décimo, cada asalto fue una batalla sin ningún mecanismo de defensa.

No existía la guardia, y cada uno desafiaba al otro a pegarle a cara descubierta. Este gesto se producía en los dos boxeadores. Primero ofrecía la cara uno, y tras recibir un brutal castigo este, ponía el rostro el otro, recibiendo una tortura parecida.

De esta manera, asalto tras asalto, esperando que en cualquier momento alguno de aquellos gladiadores cayera a la lona, y ante el asombro del público que llenaba esa noche el Palacio, los dos aguantaron en pie hasta el último asalto.

Tras la pelea, en una imagen dantesca con los rostros ensangrentados, los dos valerosos púgiles se fundieron en un abrazo.

En aquel momento, se hacía difícil asociar la nobleza con aquella sangrienta profesión.

Rocky se lamentaba de no haber podido tumbar al rocoso legionario. Aquello le habría catapultado al estrellato, decía.

Por otra parte, parecía que el haber disputado aquel combate colmaba todas sus expectativas boxísticas. Guardaba recortes de prensa que exhibía con orgullo, como muestra de su pasado guerrero, frente aquel indestructible boxeador.

Respecto a aquel retrato en la espalda, decía que era una cuestión de empatía con el personaje de la película, con el que se sentía plenamente identificado. Eran sus comienzos en el boxeo, y al igual que Rocky Balboa, él también trabajaba en un matadero. En el matadero de MercaMadrid.

Su fidelidad por el actor iba mucho más lejos. Tenía dos hijos, un niño y una niña ya mayores. El hijo se llamaba Sylvester y la hija Arianne.

14

La pareja mixta

Luis tenía 26 años. Era de Sigüenza, un pueblo de Guadalajara, y trabajaba de técnico de mantenimiento del teleférico. Tenía debilidad por los perros, sobre todo por el suyo, al que llamaba Delón, por lo guapo que decía que era. Le acompañaba a todos los sitios. A todos los sitios permitidos. A comprar, al zoo, a montar en bici, con un cesto adaptado, y también a hacer *footing* por la mañana, en la fase de recuperación de un menisco recién operado. Estaba casado y tenía un hijo, del que se encargaba de cuidar la abuela, la madre de su mujer. Esta, decía el liberal Luis (así le gustaba definirse), su rutilante profesión la obligaban a estar frecuentemente fuera de casa. Era actriz porno.

Muchas mañanas coincidía en el desayuno con los desinhibidos Luis y Antonio, que se adentraban en sus vidas, contando todo tipo de historias y vivencias.

Antonio decía frecuentar con su esposo, bisexual, los locales de intercambio de parejas, intentando encontrar un dúo que se adaptara a unas concretas exigencias. Luis, por su parte, decía conocerlos todos. Su Samanta (ese era el nombre artístico), veía razonable que disfrutara del sexo sin ninguna implicación sentimental.

Aprovechando que aquellos entraban a trabajar en el turno de tarde, y que él no tenía prisa, ya que estaba de vacaciones, se dejaba entretener con aquellas surrealistas historias, hasta muy entrada la mañana.

Ellos, tras la plácida charla, se despedían, dispuestos a desempeñar el papel de eficiente mecánico y respetable gerente respectivamente, sin ningún atisbo de sospecha.

Observando a Antonio y Luis, comprobaba lo oscura que podía ser la vida interior de cada cual, fuera de los límites ordinarios.

15

Tras los pasos de una nueva marchadora

A lo largo del mes, siguiendo con el plan de caminar alrededor del lago, cada día más deprisa, la recuperación del estado de forma era de una constatación evidente, que hacía que la cita mañanera en aquel circuito fuera de obligado cumplimiento.

Aquella mañana, nada más comenzar con el plan de trabajo, fue sobrepasado por una mujer de edad avanzada, caminando a buen ritmo, al tiempo que hablaba por el móvil. Tenía un estilo muy característico que creía recordar, así como la manera de recogerse el pelo en un quiqui sobre la cabeza. Vestía un pantalón corto de color verde oscuro, a través del cual, a pesar de la supuesta edad, exhibía unas potentes piernas.

Aquella en la que pensaba en aquel momento, además de bailar, practicaba patinaje, con objeto de potenciar el tren inferior, y mejorar el impulso en los vuelos. El trabajo enfocado en aquella zona hacía que sus piernas fueran de una belleza diferente. Aunque todas aquellas referencias no dejaban de ser subjetivas, había un dato tangible para hacerla reconocible.

Caminaba a un ritmo más vivo que el suyo, y esto hacía que cada vez se fuera alejando poco a poco… con aquella duda.

Una duda que podía despejar con absoluta certeza. Solo era cuestión de aproximarse y comprobar si aquella mujer tenía una mancha en forma de rombo en la zona media del músculo femoral de la pierna izquierda.

Avivó el ritmo hasta situarse a poca distancia.

El pantalón de diseño corto (era de media pierna) hacía que se apreciara con total nitidez aquel indestructible dibujo natural. Además de esta irrefutable muestra, en la mano derecha, con la que sujetaba el móvil, se podía ver el reloj de pulsera invertido. Ella tenía la manía de llevar el reloj en aquella mano, con la esfera invertida en la cara interna de la muñeca.

No cabía duda. Era Julia.

Tras dar por terminada la llamada, se llevó la mano derecha al bolsillo sin soltar el teléfono, haciendo lo mismo con la izquierda, al tiempo que aminoraba la marcha. Así, con las manos en los bolsillos, parecía querer disfrutar pausadamente del paseo.

El rencor, que seguramente aún anidaba en su interior, le impedía sentir la necesidad inmediata de abordarla. Se limitó a seguirla en aquella plácida marcha que proponía, y que invitaba a pensar en todo lo que aquella mujer significó en su vida, y por la que tanto sufrió.

Como para justificar el momentáneo rechazo, se impuso traer a la memoria aquel infiel acontecimiento, aunque sin entrar en detalles. Habían pasado cuarenta y cinco años, y recordarlo pormenorizadamente aún le producía dolor.

Como para contrarrestar aquel episodio hiriente, se acordaba de la lucha tenaz tras lo acontecido, que ella emprendió, intentando convencerle de la inconsistencia emocional de aquel desliz aventurero.

En aquellos tiempos le invadía la duda. Se debatía intentando conseguir el perdón del inflexible cerebro, sobre su agónico enamorado corazón.

Después de insistentes negociaciones entre la razón y la volátil certeza del amor, concluyó que solo podría querer a la Julia de siempre.

Aquel inmaculado amor, ahora mostraba una grieta que, en un futuro, podría propiciar un lamentable derrumbe.

En contra del implorante ruego del corazón, decidió apelar a la medicina del olvido, para aquello que parecía una crónica enfermedad, asumiendo la imposibilidad de reconstruir un amor roto.

En la más absoluta soledad, aislado del mundo, se quedó encogido de tristeza, atravesando las tempestuosas noches, como un marinero a la deriva, buscando desesperadamente la orilla del amanecer.

Durante el trasiego diario de la vida, se mantenía escondida… pero llegaba la tarde.

Nunca percibió tanta tristeza en aquellas tardes infinitas, aterrado, sintiendo la cuenta atrás, esperando el final del día.

Durante mucho tiempo, no cesaba de repetirse aquella secuencia; huyendo desesperado, hasta ser engullido por la inmisericorde noche.

Quería abandonar aquel nocivo e inútil recuerdo, para deslizarse por momentos felices, que se impusieran sobre todo lo demás. Se dejó llevar hasta aquel festivo puente de agosto en Comillas.

Ya había pasado cerca de un año, cuando entró como joven profesora de contemporáneo en la escuela. Desde el primer día, en el Estudio 53 de La Plaza de Manuel Becerra, se había creado una adhesión total hacia la cautivadora nueva bailarina. Una admiración que partía desde la propia dirección del centro, que encarnaba el mismo.

Su debilidad por aquella virtuosa le llevaba a asistir, embelesado, a los ensayos del grupo de *jazz* del programa de televisión Vip Noche, del que formaba parte y que tenían alquilado un estudio del centro para los ensayos. Aquel pluriempleo lo tenía como sobresueldo de la escuela, a la que no quería renunciar, dado su apasionado amor por aquella enseñanza. Aunque ella reconocía que su verdadera pasión era la medicina. Unos estudios que tenía pendientes de reanudar.

Él, que había visto truncada su pasión por el baile con la aparición de alguna traidora lesión, se deleitaba mirándola con profunda envidia y admiración.

Ahora se limitaba a hacer de profesor y director de la escuela, con Julia como ejemplo.

Bailando era fascinante y, a medida que pasaba el tiempo, descubriría que también lo era fuera del parqué. Era inteligente, atrevida en la danza (le gustaba correr riesgos) y con un desbordante sentido del humor. Parecía aglutinar todas las cualidades, aunque, sobre todo, destacaba por su cautivadora belleza.

Dado que Julia daba muestras de debilidad por él, parecía irremediable que el amor y la locura acabaran instalándose entre ellos.

Aunque había una atracción mutua inconfesable, tratando de mantener la ortodoxia entre profesor-jefe y alumna, ahora sucedería un acontecimiento que supondría un punto de inflexión en la previsible historia amorosa.

Aprovechando el mes de agosto, en el que Madrid estaba de vacaciones, durante dos semanas se impartía un seminario de reciclaje de contemporáneo y otros estilos en el pueblo santanderino de Comillas, donde acudían escuelas de diferentes puntos del país. De Madrid estaban presentes los centros de María de Ávila, Karen Taf y la suya, Estudio 53.

Con la idea de tener reciclados en las últimas tendencias a los profesores de la escuela, el estudio envió a tres representantes de la docencia de la misma:

Barry, un irlandés enamorado del claqué, que dominaba cualquier género y estilo con la conmovedora pasión que lo hacían los bailarines homosexuales.

Vicky, la titular del baile de salón y, dada su procedencia jerezana, también profesora de sevillanas. Este género hacía furor en aquel momento.

Por último, Julia, la idolatrada estrella de la escuela.

Él, que arrastraba una lesión crónica en la columna, limitando sus capacidades físicas, ahora le añadía una pubalgia, aparecida de manera sobrevenida e inoportuna. Una lesión que le impediría disfrutar del evento, bailando con ella, tal como lo había planificado.

Este contratiempo haría que su participación dentro del grupo del estudio se limitara a una presencia únicamente de oyente, tomando notas de todo lo novedoso que allí fuera aconteciendo.

En el hotel, un precioso alojamiento con vistas a la playa, el grupo del Estudio 53 de Madrid se alojaba en tres habitaciones distribuidas en plantas diferentes. Una en la primera y dos en la cuarta. En estas dos últimas, una correspondía a la suya y la otra era la de Julia.

Desde el primer día, ella se convirtió en el centro de atención del seminario. Seducía bailando, en las conversaciones de sobremesa después de las comidas, en las ponencias teóricas y también en la exhibición de natación. Decía que no podía dejar de nadar en el mar, teniéndolo tan cerca.

Antes de la cena bajaba a la playa y desafiaba las frías aguas del Cantábrico en una travesía de treinta minutos. Tiempo exacto que cumplía todos los días.

Él, que ya era un ferviente admirador de aquella estrella, a medida que pasaban los días, aquel reconocimiento profesional fue dando paso a un sentimiento más profundo. Un sentimiento muy parecido al amor.

Al tiempo que pensaba en ella, de vez en cuando le venía el recuerdo de aquel verano en la costa de Granada.

Habían pasado casi dos años de aquel fatídico accidente de moto en Salobreña, donde pasaba las vacaciones con Valeria. Su amor de siempre.

Los dos eran amantes de las motos de gran cilindrada.

Habían estado cenando en Almuñécar. Ella conducía su potente Kawasaki 1000 y él su Honda 900, con las que disfrutaban de la libertad de aquella noche de verano. Una libertad que solo podía percibirse a lomos de aquellas monturas mecánicas.

Valeria conducía delante y él la seguía a cierta distancia por la sinuosa carretera de la costa cuando, a la altura de Salobreña, camino de Nerja, donde habían planificado pasar la noche, en una de aquellas curvas ciegas, la perdió de su visión.

En su persecución, tras salvar aquel temerario punto de la estrecha carretera, se vio obligado a detenerse detrás de un voluminoso vehículo, parado en el centro de la calzada.

Se trataba de una *roulotte*, donde todos sus ocupantes habían abandonado su interior para ver el macabro espectáculo.

Abajo, en la base de un elevado terraplén, cerca del mar, la moto de Valeria y Valeria ardían en llamas.

Desde entonces vivía atrapado en aquel recuerdo, del que no conseguía desprenderse.

Ahora pensaba que Julia podría ser la tabla de salvación que le rescatara de aquel naufragio.

Había concluido el día de trabajo (de clases) y se dirigía al hotel la masa de alumnos, formando dispersos grupos, donde en uno de ellos Barry y Vicky iban integrados.

Ellos, como por «azar», se encontraban caminando solos, al margen de la colectividad, dejándose llevar por una irresistible tentación que él no tenía intención de dominar. Muy al contrario, había decidido poner fin a aquel distanciamiento impostado, en total desacuerdo con lo que le pedía el cuerpo.

Ya que eran vecinos de planta, le propuso acompañarla a su habitación para bajar juntos a la cena, cosa a la que ella accedió, recordándole que antes tendría que ducharse, además de suspender sus treinta minutos de natación.

Aquella «inocente» propuesta no suscitaba una mala interpretación. Entre los bailarines, compartir vestuario era una situación bastante frecuente, aunque entre ellos eso aún no había sucedido.

La esperaba sentado frente a la ventana, oyendo caer el agua de la ducha sobre aquel deseado cuerpo. La temperatura agradable permitía tener la ventana abierta, por donde una agradable brisa marinera traía el olor del mar, al tiempo que, contemplando el horizonte, sentía cómo la luz de aquel día de verano iba languideciendo. A lo lejos, la figura aventurera de un velero surgía manchada por la última gota de sol de aquella extinguida tarde en el ocaso.

El sonido del agua de la ducha cesó y, al instante, tras él, sentía los pasos sigilosos de sus pies sobre la moqueta, buscando una ropa que sacó del armario para tenderla sobre la cama y terminar de secarse.

En toda aquella operación permanecía caballerosamente de espaldas, disfrutando del espectáculo que le brindaba la hoja de la ventana abierta y por donde se reflejaba con absoluta nitidez la erótica escena.

Aunque su comportamiento era intachable, seguramente ella, sabedora de poseer un imponente cuerpo, habría preferido algún distraído movimiento para mostrarle aquella tentación.

Entraron al comedor deliberadamente pronto, antes de que llegaran Barry y Vicky, con los que compartían la mesa. Convenía descartar la suspicaz idea de una entretenida tardanza… los dos juntos.

Durante la cena, el sentido del humor de sus compañeros, especialmente de Julia, no conseguían apartarlo de la sugerente imagen en la que ella aparecía desnuda en el cristal cómplice de la hoja de la ventana, abierta hasta el ángulo perfecto de visión. Con un pie apoyado sobre la cama, mostraba una cuidadosa depilación genital.

Tras un extenso repertorio de chistes y ocurrencias, al contrario de Barry y Vicky, que preferían retirarse a descansar, ellos, en compañía de un nutrido grupo de seminaristas, solían dar un paseo por los alrededores y luego se quedaban en el salón de tertulias, donde Julia destacaba parodiando a célebres personajes de la televisión.

Esa noche, en la penumbra de un sauce, donde serían difícilmente identificados, y en una clara declaración de intenciones, le cogió las manos, invitándola a alterar aquella rutina. Le propuso que fueran en coche a ver la luna y el mar desde los acantilados.

Ella no puso ninguna objeción. Antes, mirándolo con aquellos ojos turbadores, le dijo que tenía que ir al baño.

El que aceptara ir a aquel comprometido lugar lo interpretó como un concluyente triunfo que, no obstante, tendrían que corroborar los hechos.

Al llegar a aquel punto elevado, con una indescriptible romántica vista nocturna, decidieron disfrutar del espectáculo fuera del coche. Una manta que él siempre llevaba en el maletero, pensando en alguna «contingencia», dispusieron colocarla como base del observatorio.

El paisaje era sugerente, con el rumor de las olas muriendo suavemente al pie del acantilado. A lo lejos, las chispeantes luces sobre la noche de Comillas.

Ante aquel cúmulo de motivos al que invitaba el momento, ella tomó la iniciativa.

Se desprendió del vestido largo de color azul, que también le perfilaba la figura, poniendo al descubierto aquella necesidad de ir al baño. Quedó sin ropa interior, provocadoramente desnuda, ante la indiscreta vigilancia de la luna llena.

Abstraídos del tiempo, la pasión desbordada los adentraba en la noche. En los límites de la madrugada, volvían al hotel, con las canciones italianas de los años setenta, versionadas por el cantante Dyango, sonando de fondo en el casete del coche.

Durante el resto de los días que duró el seminario, se fue repitiendo la visita a los acantilados, en una creciente pasión que hacía desear la llegada de la noche con una inusitada impaciencia.

Al terminar las dos semanas, se disponían a volver, pensando que lo vivido en aquellos días podía justificar toda una existencia.

Claramente, el amor tomaba nuevamente protagonismo en su vida.

Al llegar a Madrid y una vez que se deshizo de Barry y Vicky, a los que acercó a sus domicilios en Padre Damián y Hermosilla respectivamente, se disponía a dejarla a ella en su casa de General Pardiñas. Antes paró en la calle Doctor Esquerdo, esquina con la plaza de Manuel Becerra, por donde pasaba todos los días camino de la escuela, para hacerle un regalo.

Se trataba de un original reloj. Un reloj que reemplazaba a aquel al que acusaba de ser el responsable de llegar siempre quince minutos tarde. La originalidad radicaba en la esfera blanca, personalizada con la letra D de Daniel. El establecimiento disponía de todo el abecedario.

Aquella tienda se anunciaba como una relojería donde solo se vendía este artículo: relojes.

Claramente, ese dato no dejaba margen para la sorpresa, de manera que no consideró necesario envolverlo.

Se lo dio allí mismo, con el coche en marcha, advirtiéndola de que ya no tendría coartada para justificar en el futuro su persistente impuntualidad.

Aunque el regalo tendría un efecto práctico, en realidad su deseo era que el reloj le recordara siempre Comillas.

Se desprendió del viejo cronómetro, reemplazándolo por el nuevo en aquella característica posición, invertido en la muñeca derecha. A continuación, haciendo bien visible la esfera con su nombre, le dijo con determinación:

—Mira, escúchame bien. Este reloj no me lo voy a quitar nunca.

A continuación, mirándolo de aquella manera, le dio el beso más dulce. Un beso que parecía sellar una unión eterna.

A partir de entonces, durante siete años, se fueron sucediendo las noches de los «acantilados». Las noches, con sus correspondientes días. Julia llenaba su vida de contenido las veinticuatro horas.

16

La escuela de cine

Siguiendo tras ella en aquel paseo, se dejó llevar por todo lo que aconteció después.

Cuando se fue, no quería asumir que la había perdido, e intentaba encontrarla a través de otras, de una manera desesperada.

Vivir sin ella suponía un acto de supervivencia al que había que poner remedio de manera inmediata, conociendo a alguien que la reemplazara.

Para conseguir este logro, se planteó moverse en territorios que propiciaran aquel descubrimiento. Se matriculó en una escuela de cine.

Aunque era amante de este arte, su objetivo en aquel momento no era adquirir conocimientos en la materia, sino encontrar, de entre las interesadas en estos estudios, a alguien susceptible de poder «suplantarla».

A fin de bucear en la búsqueda, participaba en trabajos multidisciplinares, haciendo de ayudante de cámara, de iluminación, de dirección e incluso de *script*.

También se incorporaba a las nocturnas salidas grupales por el centro de Madrid para profundizar en el rodaje con escasez de luz. Salidas donde siempre terminaba a solas con alguna rezagada alumna, comiendo churros en San Ginés.

En alguna ocasión, incluso, tuvo que asumir el coste de una ilusionante inversión de cara a un posible descubrimiento.

Se trataba de una atractiva rubia de ojos azules. Una de las responsables del organigrama de la escuela, con la que, cada vez que se cruzaba, obtenía de ella una provocadora sonrisa.

La invitó a comer.

Una comida en el balconcito de un restaurante en la plaza de Chinchón, además de una propuesta irrechazable, propiciaría un exhaustivo conocimiento de la candidata.

Tras un paseo por el pintoresco pueblo, en el que se iba poniendo de manifiesto un anunciado fracaso, llegaron al evaluador restaurante.

Accedieron a una tercera planta, donde estaba el comedor con dos balcones que daban a la histórica plaza. Ellos ocuparon uno.

De bebida pidieron una botella de Rioja, que les sirvieron inmediatamente, antes incluso de haber pedido la comida. Sin demora alguna, Victoria —ese era su nombre— se apresuró a hacer un primer brindis. Un gesto que repetía con inusitada frecuencia, hasta el punto de que, con los entrantes, ya se había agotado la botella, de la que prácticamente ella sola había dado cuenta.

Ante la escasez del estimulante líquido, se hizo necesaria su reposición.

La manipulación de los espaguetis que pidió, así como la ingesta de la segunda botella, que prácticamente estaba consumiendo ella sola, hacían de su compañía un acto de sacrificio.

Hablaba con la boca llena y, cuando reía, lo hacía de una manera tan amplificada que se hacía audible en todo el comedor. La imagen de ordinariez que trasladaba era inequívoca.

Tras una paciente y prolongada comida, esta concluyó con la certeza de que el físico de su preciosa acompañante no armonizaba con su belleza interior.

Llevado por el afán de conocer los entresijos de aquella profesión, pero sobre todo por conocer el componente femenino del grupo, se ofreció como ayudante multidisciplinar en el rodaje de un cortometraje producido por la escuela.

Como había demostrado ciertos conocimientos de iluminación, por un curso que en su día había hecho de fotografía, lo incluyeron como responsable de este cometido. En los títulos de crédito figuraría su nombre como iluminador. Eso le dijeron.

Los protagonistas de la película, alumnos de la escuela de arte dramático que compartía edificio con los del cine en la calle Princesa, se reducían a tres actores.

Como componente femenino solo figuraba una actriz, a la que había que añadir la claquetista. En total, dos mujeres.

Tras pasar la selección de un exigente *casting*, aquellos actores y la actriz se disponían a darle vida al guion, escrito por el vanidoso director, uno de los técnicos que intentaba hacerse respetar como autor de la obra.

El contrato verbal de aquel elenco de incipientes actores solo incluía la comida: un bocadillo de chorizo. Todos eran de este embutido.

Con aquel mínimo incentivo económico, pero con la grandiosa perspectiva del éxito, los ilusionados artistas se disponían a hacer una demostración interpretativa que les abriera las puertas del éxito en futuras películas de mayor envergadura presupuestaria.

En buena armonía, actores y técnicos, apretados en una furgoneta Volkswagen del 75, se dirigían aquella fría mañana de un domingo de diciembre hacia Villalba.

En este pueblo, el director tenía localizado el lugar de rodaje: un chalé de sus padres, habitado solo en verano.

Como material de equipo llevaban, atados sobre el techo, un trípode, media docena de focos y, con ellos dentro del coche, protegiéndola, una venerada Sony 500 Pro.

Aquella exótica aventura no propiciaba conocer a nadie susceptible de su interés. El cuerpo perfecto de la protagonista, que tuvo que mostrar en el *casting* para ser elegida, no era suficiente argumento para hacerle olvidar. Mucho menos la irascible claquetista.

Aquel día iría descubriendo lo lento, tedioso y aburrido que podía ser el trabajo en el cine.

El rodaje de tres planos estaba previsto acabarlo antes del mediodía; sin embargo, surgió algo con lo que no contaba el sesudo director.

El frío reinante en aquella casa deshabitada dificultaba los diálogos en una estancia supuestamente cálida. Al hablar, el vaho no hacía creíble la atmósfera pretendida.

Se hizo necesario que alguien bajara al Pryca del Pinar para comprar media docena de secadores de pelo, que resultaron ser la solución del problema.

Tras aclimatar la casa, en una toma donde la protagonista mantenía un diálogo en *off* con el galán mientras esta se duchaba, le hizo una apreciación al director.

Le dijo que aquella escena mostraba nula expectación y proponía realzar la figura de ella para potenciar el plano. Proponía que apareciera sin ropa. Al fin y al cabo, su desnudo se valoró mucho en el *casting*.

Tras un breve y convincente argumento, procedió.

Colocó en el suelo del interior de la traslúcida mampara un foco proyectado hacia el techo, para que el silueteado del cuerpo de la protagonista, especialmente de sus esculturales pechos, se percibiera nítidamente.

Después de aquella audaz decisión, como para colmarle su supuesta vanidad, aquel jefe lo proponía para futuros rodajes.

Una propuesta inaceptable. Su periplo de cineasta estaba concluido.

Después de un mes entregado a aquella búsqueda y cercioradas todas las expectativas, decidió cambiar de escenario, con la esperanza de que en otro nuevo estuviera oculto lo que buscaba.

17

Buscándola en la sierra

Tras la corta y decepcionante experiencia en el cine, ahora, pensando que en el lugar más insospechado podría encontrarla, decidió ocupar el tiempo de búsqueda en otra actividad menos artística.

Pensó en hacer senderismo.

Un domingo por la mañana temprano, que acababa de escapar de la tortuosa persecución de la noche, se dirigió a la plaza de Colón. Eran las siete de la mañana.

De allí salía el autocar en dirección a Soria. En concreto, al pueblo de Cidones.

Desde allí había que subir andando hasta lo alto de una montaña, donde —decían los compañeros de viaje (casi todos eran hombres)— se encontraba la Laguna Negra. Un lugar, decían, digno de contemplar.

Nada más sentarse, se hizo presente el ocupante del asiento que quedaba libre junto al suyo. Se trataba de un hombre de 55 años que, además de decirle la edad, a la media hora le había contado toda su vida. Era un asiduo de aquellas caminatas dominicales.

También lo eran muchos de los componentes de aquella expedición, que se saludaban reconociéndose entre sí.

Según su compañero confidente, aquella masa de amantes de la naturaleza aprovechaba aquellas rutas para hacer ejercicio —cosa que parecían necesitar la mayoría— y, de paso, hacer amistades que llenaran el vacío de sus vidas. Esta circunstancia, decía, era aplicable tanto a ellos como a ellas.

Llegaron al pueblo de Cidones. Era una mañana de comienzos de enero. Acababa de celebrarse la festividad de Reyes.

El cielo lucía azul, sin una nube, y todos esperaban que el sol se posicionara en el cielo lo más alto posible para que sus cálidos rayos los calentaran. Hacía un frío polar.

Tras una serie de recomendaciones, para no tener que asistir a una desgracia —decía el que parecía el jefe de la expedición—, se pusieron en marcha.

Nada más comenzar la caminata, entre aquella masa de divorciados y divorciadas —que, según su inseparable confidente, eran la mayoría—, se fueron haciendo grupos y parejas. Nadie caminaba solo.

A ellos se unió un nuevo excursionista, acompañado de dos mujeres, donde se hacía evidente que los tres estaban necesitados de mucho ejercicio.

Dado que eran dos mujeres y ellos tres, *a priori* uno estaba excluido de un hipotético emparejamiento. Una exclusión a la que él se adhirió sin ningún atisbo de rechazo.

De entre aquella extensa expedición, estaba un grupo de cinco o seis chicas jóvenes que caminaban juntas, un tanto desubicadas, en bullicioso y animado coloquio, en contraste con el resto, poco ruidosos y comedidos. Este era el caso de ellos. El tema de conversación que había surgido, referido a las patatas revolconas —el plato típico de Ávila, lugar de procedencia de una de ellas—, no propiciaba un interesante argumento a debatir.

Cerca del mediodía, en una anodina ascensión a la mítica laguna, su entusiasmo no excedía de un escueto comentario referente al apetito que la exigente caminata le había despertado. Aunque no tenía la sensación de haber hecho un extenuado esfuerzo. Su sistema cardiovascular no parecía alterado y solo sentía un fuerte dolor de pies.

Casi lindando con la cima de la montaña, en un paraje desnudo de vegetación y rodeado de nieve, se mostraba el lago de aquel color que daba su nombre: de color negro.

En un ambiente de camaradería, con presentaciones incluidas de conocidos de aquel, se desarrollaba la comida de sabor multirregional, donde se compartía el manjar típico de la procedencia de cada cual. Manjares entre los que estaban incluidas las patatas revolconas.

Él, que no aportaba ningún guiso significativo, solo pudo dar a probar su tortilla de patatas con cebolla, adquirida esa misma mañana en el madrugador bar La Estrella de la plaza de la República Dominicana.

Transcurría el día sin ninguna perspectiva en el horizonte que justificara aquel claro sacrificio.

Estaba cansado y quería escapar de aquella experiencia a la que no deseaba volver.

En la plaza de Colón, ya anocheciendo, se despidió de Pedro, su formado guía, junto con otros conocidos de este, que le animaron a verse en sucesivas excursiones. El mismo deseo que le transmitieron ellas: las dos rechonchas mujeres de Ávila que habían permanecido fusionadas al grupo todo el día.

Claramente quedaba demostrado que lo que buscaba no estaba entre aquellas amantes de la sierra.

Él no necesitaba hacer ejercicio de aquella manera, y tampoco buscaba amistad para llenar su vida.

El vacío interior que sentía requería ser llenado de otro contenido.

18

El curso de cocina

Alguien le había comentado, incluso él mismo lo había comprobado en cierta ocasión, la fuerza que ejercía sobre la mujer mostrar conocimientos culinarios.

Esta opinión estaba tan generalizada que era popular el dicho de que a la mujer se la conquistaba por el dominio en la cocina.

Ante aquella optimista leyenda, se apuntó a un curso de gastronomía.

Un curso con un punto de partida claramente decepcionante. Excepto la profesora, todos los alumnos eran hombres. Un total de doce.

Aquel evento culinario lo patrocinaba una revista de cocina y se hacía en un restaurante de la calle Cartagena que cerraba los martes. Durante todo el día, mañana y tarde (era de jornada intensiva), se disponía de la cocina de este. Un dato para tener en cuenta, ya que el contenido era de ejercicios prácticos.

La profesora, hábil empresaria dueña del local, cobraba a la editorial como docente impartiendo las clases y también por el uso que se hacía de las instalaciones de su propiedad. Se llamaba Claudia.

Aquella profesora y experta cocinera —eso parecía— el primer día declinó la dirección de la clase en el alumnado.

Para ver los conocimientos de partida, dio libertad para cocinar un plato. El que cada uno considerara que dominaba.

Él empezó por el final, por el postre. Un plato de arroz con leche.

Sus nulos conocimientos en la materia y la poca práctica —no era muy asiduo de la cocina— le llevaron a imitar a su abuela cuando, de niño, en casa la veía preparar su postre preferido. Una maniobra sencilla que solo parecía consistir en cocer el arroz en la leche.

Como un alumno aventajado, que es el primero en resolver el ejercicio, levantó la mano para indicarle a la profe que había terminado.

Esta permanecía al fondo de la enorme cocina, sentada en un taburete elevado, leyendo una revista y observando por encima de las gafas los movimientos del grupo de aspirantes a cocineros.

Una vez percatada de la incidencia que suponía el insistente brazo levantado —el suyo—, se dirigió hacia su mesa para comprobar el resultado de la «obra».

Tras echarle un vistazo al aromático plato, le dijo, con media sonrisa, que había que esperar a que todos terminaran para hacer una evaluación conjunta. Le propuso que esperara sentado en alguna mesa del comedor contiguo.

Intermitentemente iban entrando en el comedor los compañeros, según iban terminando su cocinado.

El último no entró. Este se quedó custodiando su preparado, al tiempo que la profesora llamaba al resto para asistir a lo que parecía una puntuación que determinara el ganador.

En una mesa alargada se mostraban los platos alineados, dispuestos a ser evaluados en aquel «concurso». Todos humeantes, menos el suyo, frío y seco, sin ningún atisbo de leche.

Se sentía derrotado ante el resto, que parecía haber pasado la prueba dignamente, según la apreciación de la experta cocinera.

Esta, ante la decepción de la que él daba muestras, le quiso desvelar el error que le había llevado al fallo del reseco e incomible arroz con leche.

No era posible que el exquisito plato de su abuela, de mínimo procesado, no fuera capaz de imitarlo. Le pidió que lo dejara intentarlo de nuevo.

Ella, frunciendo el ceño, le dijo:

—No hay ningún problema, tienes todo el día para conseguirlo.

Le dijo con sonrisa burlona, mientras él intentaba recordar los pasos que aquella venerable anciana seguía en la elaboración del codiciado postre.

Partiendo de la base de que cualquier guiso, para que no se quedase seco, había que añadirle agua, en este caso el líquido a reponer debía de ser la leche.

Después de un tiempo de reflexión, concluyó que la solución radicaba única y exclusivamente en esta idea.

Estuvo toda la mañana y parte de la tarde haciendo arroz con leche, con resultados pésimos.

El experimento se alargaba en el tiempo, ya que, según la profesora, había que dejar reposar el arroz un tiempo necesario. Un tiempo en el que la leche desaparecía como por arte de magia.

Ya muy entrada la tarde, después de múltiples intentos, abandonó la apuesta ante la hilaridad colectiva.

La experta cocinera y profesora convocó al grupo alrededor de una enorme mesa ovalada para explicar al colectivo la solución del problema, a fin de que este no se repitiera en lo sucesivo.

El error radicaba en la capacidad que este cereal tenía para absorber líquido. Por esta razón, había que llevarlo al límite de esta propiedad, cociéndolo en agua previamente al aporte de leche.

En días sucesivos abandonó sus pretensiones autodidactas para someterse a los conocimientos de la atractiva profe. Un dato que iba valorando a medida que avanzaba el curso.

Debía de tener una edad parecida a la suya, unos treinta y pico. Era morena, con el pelo corto, siempre oculto bajo el complemento del uniforme. El gorro.

De ojos marrones, era delgada y de una estatura superior a la media, que multiplicaba el cilíndrico tocado, distintivo de la profesión. Su carácter serio la hacía un tanto enigmática y atractiva.

Su figura atlética era consecuencia de su pasado como jugadora de voleibol. En su despacho había fotos que atestiguaban este dato.

Llevado por los consejos de la interesante profe, iba dominando platos que añadía a su exiguo repertorio. Un repertorio que crecía proporcionalmente al deseo de conocer a aquella estilizada mujer fuera de su territorio.

Ya llevaba un mes asistiendo puntualmente todos los martes a las motivantes clases culinarias. En este tiempo, había procurado el necesario acercamiento que le permitiera abordar su ambicioso plan. Invitarla a cenar.

Faltaban tres semanas, tres martes, para la obtención de aquel título exprés.

Llegó el primero, con la intención de despejar cuanto antes la incertidumbre en el éxito del atrevido plan. El carácter serio y distante de aquella mujer (en el que seguramente podría esconderse) hacía que se agudizara la duda.

Claudia, como siempre, esperaba sentada en una mesa del bar, leyendo una revista de sociedad. Aquella postura la adoptaba siempre mientras los alumnos iban llegando.

Se sentó frente a ella, en su mesa, en actitud decidida.

—Buenos días, profe —le dijo en tono de alumno con cercana confianza.

—Buenos días, Daniel —le contestó, haciéndole una observación—. Ya queda poco, ¿te das cuenta?

Esto se lo decía mirándole por encima de las gafas (que también le quedaban), con un leve resoplido, acompañado de una sonrisa de alivio, como anunciando el final de la batalla.

Él le contestó exagerando un gesto triste.

—Pues… qué pena. Ahora que empezaba a gustarme la cocina…

Tras esta respuesta, ella se quitó las gafas para contestarle frunciendo el ceño en actitud reflexiva.

—Bueno, si realmente te interesa este mundo, tienes toda la vida para continuar aprendiendo. Como sucede en todas las profesiones, nunca se deja de aprender.

Intentando ganar tiempo antes de que llegaran los demás y pudieran abortar el concienzudo plan, le quiso hacer un elogio antes de pasar al ataque.

—Yo creo que, sin tu estimulante presencia, cuando me vaya de aquí, esto quedará reducido a un fugaz episodio de mi vida.

Ella no quiso darse por aludida, esquivando el piropo magistralmente, volviéndolo en contra.

—Pues la verdad, eso que dices atenta contra mi autoestima. Ese desinterés significa que no he conseguido inculcarte el suficiente amor por la cocina.

Él volvió a insistir, esta vez con más rotundidad.

—Si quieres que te sea sincero, tú eres lo que me motiva para seguir todavía aquí.

Esta contundente revelación la quiso matizar ante la posibilidad de caer directamente al vacío.

—No me malinterpretes, no tomes mis palabras como una proposición.

Esto se lo decía, recalcando nuevamente el argumento.

—Lo que quiero decir es que tus clases atrapan gracias a tu presencia y a la atmósfera que creas, que hace que desee que esto no acabe.

Seguramente, la última parte de la respuesta no era convincente, pero ya estaba dicho.

Ahora no quedaba más remedio que lanzarse a la piscina, con la esperanza de encontrarla llena de agua.

—Sabes, hace tiempo que me pregunto cómo serás fuera de este entorno y me imagino compartiendo una cena tú y yo.

A esto le añadió, como atenuante a la directa proposición, la referencia que ella debía de tener como experta hostelera, de algún exquisito restaurante.

La distante profesora, que hasta ese momento había mantenido una indiferente sonrisa, se quitó las gafas para contestar a su atrevida invitación con gesto serio.

—Estaría encantada de compartir esa cena contigo. —A continuación, apostilló—: Solo tienes que decirme si eres de carne o pescado, para elegir el lugar apropiado.

Para calmar la posible euforia, le hizo saber que aquel encuentro «extraescolar» tendría que esperar. Podría suceder, pero en fechas no ligadas a la celebración del curso. Le hizo hincapié en que no quería mezclar cenas con trabajo.

Tras aquella observación, quiso verbalizar nítidamente su compromiso.

—Cuando acabe esto, puedes contar con esa salida nocturna.

Aquel compromiso adquirido mantenía una motivante esperanza que le hacía vivir firmemente ilusionado. Aquella interesante mujer podía ser el remedio que andaba buscando.

La incertidumbre se despejaría en menos de un mes.

Mientras tanto, se aplicaba en adquirir conocimientos. Dominaba los asados, los pescados con diversas salsas, así como ensaladas y variedad de postres con el helado como protagonista, además de un espectacular arroz con leche.

El último martes, dedicado a las despedidas, con la presencia de la revista patrocinadora presente, se sucedían los brindis entre compañeros y profesora, pendiente de encontrar el momento de abordarla.

Una vez liberada del asedio del grupo, ya finalizando el acto, se acercó para escenificar un último brindis y preguntarle si se acordaba de aquella cena pendiente. Una duda que ella despejó inmediatamente.

—Naturalmente que me acuerdo. —Haciendo a continuación una corrección en el horario—: En vez de cena, tendrá que ser comida.

Una modificación motivada por una causa que, en el transcurso de la cita, aclararía, le dijo.

★★★★★

Quedaron en el restaurante Atrapallada, del paseo de las Acacias, a las dos en punto. Era martes, el único día que, dijo, tenía disponible para vivir.

Durante la comida, Claudia se mostraba seductora y también atrevida.

Quería mostrarle cuanto antes las cartas del juego que le empezaba a proponer.

En un momento en el que se levantó, dispuesta a ir al baño, se le acercó para susurrarle al oído algo que parecía muy íntimo, diciéndole:

—¿Sabes que desde el primer día me pareciste muy atractivo?

Después de aquella secreta confesión, le dio un húmedo y lascivo beso, cargado de contenido, al tiempo que le mostraba a través de un pronunciado escote unos sugerentes senos, hasta entonces ocultos bajo el preceptivo uniforme de cocina.

El mensaje estaba claro, aunque incompleto, dado lo que le hizo saber a continuación.

Le dijo que no quería crear falsas expectativas, y quiso dejar claro que entre ellos solo podía haber una relación de sexo.

Para justificar aquella afirmación, le hizo una concienzuda exposición de los hechos.

Le desveló que era bisexual y estaba comprometida sentimentalmente con Sofía. Su pareja lesbiana.

Una relación a la que no le era fiel, desde el punto de vista de la sexualidad, pero sí en lo referido al corazón. Aquel amor, dijo, era para siempre.

Tras aquella imprevista revelación, le miraba sonriente sin decir nada, esperando alguna pregunta. Una pregunta que ella solicitó de manera anticipada.

—La vida está llena de sorpresas, ¿verdad?

Él, ciertamente sorprendido, trató de mostrarse poco impresionado.

—Bueno, cualquier campo de la sexualidad es enriquecedor. Por otra parte, yo también tengo el corazón comprometido, a mi pesar.

—¿A tu pesar? Cuéntame eso.

—Es una larga historia, donde se me ha parado el reloj y no consigo ponerlo en marcha.

Tras un reflexivo silencio, le miró fijamente a los ojos para trasladarle su punto de vista en aquel tema. A modo de confesión en voz baja, le susurró:

—La fuerza del amor es impredecible. Te puede sacar del abismo y también sepultarte para siempre —le dijo con gesto convencido.

Tras aquel filosófico ángulo de visión, Julia se dispuso a contar las luchas amorosas que habían acontecido en su vida, a modo de enseñanza para el herido corazón de su alumno.

Su historia, su primer amor, se remontaba cuando a la edad de catorce años trabajaba en el restaurante que sus padres tenían en el barrio de Salamanca, al tiempo que terminaba el bachillerato en el Ramiro de Maeztu.

En este instituto formaba parte del equipo de voleibol, donde también jugaba Sofía y, aunque la tendencia sexual de esta era sabida, ello no impedía que fueran íntimas amigas.

Ella era hetero, muy hetero, le recalcó mientras le narraba el relato. Le gustaban los chicos mayores, los hombres maduros. Cosa que encajaba con su aspecto físico, muy estilizada, dando una imagen muy alejada de sus años reales. Esa circunstancia hacía que los chicos maduros se fijaran en ella.

Esto es lo que sucedió con un cura recién casado con Dios, que le doblaba la edad, oficiante de las misas en una parroquia cercana y cliente a la hora de la merienda en la cafetería del restaurante, que ella atendía por las tardes.

Para no alargar la historia, quiso simplificar el contenido.

—Mira, para no aburrirte, te diré que, en poco tiempo, surgió un enamoramiento enfermizo por el atractivo religioso, que crecía día tras día, también muy a mi pesar.

Muy a su pesar, dijo, porque el pecaminoso padre la despertó al mundo del sexo de una manera exigente y perversa. Era dominante, con unas ilimitadas proposiciones a las que ella accedía complaciente, de manera sumisa. Su envolvente personalidad y elevada nota como amante le había creado una adicción nociva que el abusador cura utilizaba a voluntad.

Después de un año, aquella dependencia a la que su insaciable religioso amante la sometía en furtivos encuentros, cada vez menos ocultos, hizo que un detective contratado por su padre los sorprendiera en el motel Los Ángeles.

Le dijo que no le era agradable recordar aquello. Sobre todo, porque, aunque ya había pasado mucho tiempo, aún le dolía su recuerdo.

Como suponía que él estaba interesado en el final de la historia, se la contó.

Dijo que su amado cura fue apartado de aquella parroquia, con destino desconocido, y ella se quedó con una maligna depresión, hundiéndose día a día. Sin interesarle la vida.

Entró en una fase de lucha, consolando su corazón, al tiempo que intentaba asimilar el rechazo de una familia burguesa, decidida a no aceptarla con aquella mancha.

Como mecanismo de evasión y supervivencia, acudió al consumo de drogas, que le suministraba un conocido niño pijo, cliente del restaurante donde empezó a trabajar de cocinera.

Un empleo que adoptó como medio de subsistencia, tras dejar los estudios y hacer frente a su enfermo corazón. Un desafío, basado en el estímulo de aquella sustancia dañina, que poco a poco iba minándole la salud.

Al borde de su capacidad de resistencia, buscó refugio en su fiel amiga.

Su íntima amiga, mayor que ella tres años, que acababa de independizarse, la rescató del precipicio. Se la llevó a su casa.

Bajo los cuidados del, hasta entonces, inconfesado amor, poco a poco fue volviendo a la vida.

A ello también contribuyó el plan de desintoxicación en una clínica privada, donde aquella amiga fiel, de incondicional cariño, la ingresó como remedio definitivo.

Todos los días la visitaba y estaba pendiente de su evolución.

A través de Sofía, de sus cuidados y protección, se fue enganchando de nuevo a la vida, al tiempo que su corazón volvía a latir liberado.

Con su enamorada amiga descubriría el amor más altruista y un sutil placer en el sexo, hasta entonces desconocido.

Más adelante, cuando se licenció en psicología, se convertiría en apoyo emocional imprescindible.

Con ella lo tenía todo. La seguridad tangible de la ciencia y la lealtad de una amistad certera. También el placer, surgido del amor más creativo.

Estaba convencida de que no podía querer a nadie más que a ella. Aunque su tendencia sexual era claramente dual.

Tras el relato de aquellos inicios, le hizo una descripción del pacto de convivencia al que habían llegado. Dando por hecho que ella era bisexual convencida.

Decía que Sofía era extremadamente celosa —por eso evitaba la tentación de la noche cuando quedaba con alguien— y no admitía ser engañada a sus espaldas. En cambio, era permisiva si el adulterio se producía en su presencia, y siempre que no fuera con otra mujer. De vez en cuando, decía complacerla de aquella manera, aunque ella prefería el anonimato.

En el acuerdo, ella no la engañaría con otra mujer, a cambio, tendría la libertad para tener alguna aventura, sin implicación amorosa con algún hombre.

Ante la sutil proposición de hacer un trío, le pidió referencias físicas de la componente de aquella posible fantasía.

Le enseñó dos fotos. Una en traje de baño, en bikini durante las últimas vacaciones en Mallorca y la otra era un retrato.

Las dos fotos mostraban una mujer de un físico relevante. En una exhibía un cuerpo que denotaba hacer mucho ejercicio, y la otra mostraba un rostro atractivo, donde destacaba, como rasgo predominante, el corte de pelo, muy masculino. Lo tenía extremadamente corto, con raya lateral y tupé incluido.

La imaginable escena con aquella imponente atleta participando sugería una posibilidad nada despreciable.

El deseo después de aquella erótica narrativa iba *in crescendo*, con desprecio a la comida, que, por otra parte, parecía exquisita.

Ya en los postres, se disponían a hacer un brindis con un cava que ella eligió:

—¿Por qué te apetece brindar? —le dijo ella con una mirada provocadora.

Él con otra mirada, aún más delatadora, le contestó:

—Pues yo brindo porque disfrutemos del postre más rico, ahí al lado, en el hotel Rafael Pirámides.

Ella sonrió maliciosamente.

—Coincido plenamente contigo, no hay nada como una buena «siesta» después de la comida.

La siesta no defraudó. Claudia resultó ser una insaciable multiorgásmica, que encajaba a la perfección con el argumento sexual que esta había mantenido. Se la imaginaba formando grupo con Sonia y alguno más.

★★★★★

Volvieron a quedar, esta vez en su casa (la de él), de la plaza de la República Dominicana.

Con aquella celosa novia, que le controlaba concienzudamente el tiempo, cada vez que quedaba con alguien, tenía que justificar aquella ausencia por una causa absolutamente creíble.

Aquel día, y dado que cerca de su casa había un centro de natación, dijo que iba a la piscina. Un deporte del que, dijo, solía practicar con relativa frecuencia.

Con la intención de acompañar a su celosa pareja en la comida, quedaron a media tarde. No había tiempo para otros placeres que no fueran los estrictamente sexuales que, además, tenían que suceder en el espacio de una hora. Ese era el tiempo que ella solía dedicarle a la natación.

Una hora bien aprovechada, lo aceptaron como tiempo apropiado y suficiente.

En cada fase de la seductora secuencia amorosa que Claudia iba improvisando se ponía de manifiesto la inagotable creatividad de la insaciable cocinera.

Ya con el tiempo casi cumplido y, supuestamente agotado el inédito repertorio erótico, aquella virtuosa del sexo se disponía a despedirse, anunciándole que su amada la estaría esperando puntualmente, con el coche en doble fila, frente al cine Roma.

Se despedían agotando la última fogosidad disponible en un acelerado beso, mientras ella en el lavabo se mojaba el pelo. Sofía la esperaba a la salida de la piscina.

Por la ventana, viendo como aquella enamorada, sentada en el interior de un Chrysler blanco, esperaba a su consentida no-via, sentía la descarnada imagen de la traición y la ineficacia de aquel juego. Un juego de utilidad momentánea, que no acotaba el dolor. Las noches continuaban siendo muy largas.

19

La piscina

Aprovechando que cerca de su casa había un centro acuático, probó a perfeccionar su estilo natatorio, en un ambiente susceptible de encontrar a alguien, investido de una más lógica normalidad, que la que encontró en el curso de cocina.

Le habían comentado que el mejor momento para nadar era al mediodía. A esa hora no existía el agobio de las calles llenas de nadadores, cada uno a un ritmo distinto.

Esa circunstancia, por la que había abandonado la idea de retomar la natación en otras piscinas, en esta, según toda la información recabada, no se daba.

La franja horaria en que se podía ubicar al mediodía era amplia. Había que situarla antes o después de la comida.

Dado que no contemplaba nadar recién comido, acudió antes. A la una y media.

Sorpresivamente, la información obtenida se mostraba claramente errónea. Las calles estaban saturadas de usuarios. Cada uno de diferente edad y, sobre todo, de diferente nivel y velocidad de desplazamiento.

En uno de los bancos laterales, también masificados de gente, (parecía que esperando su turno), encontró un hueco para sentarse y meditar qué solución tomar ante dantesco panorama.

A su lado, una mujer de rasgos nórdicos, hablando para sí en su idioma, parecía cuestionar aquella mala organización. En un momento, tras aquel monólogo indescifrable, se giró hacia él para pedirle, ahora en castellano, su opinión acerca de aquel desastre.

Naturalmente, se solidarizó con aquella bella mujer. Era muy guapa, tenía los rasgos característicos de las mujeres del este. Pelo rubio, ojos claros y el cuerpo estándar de aquellas latitudes. Alta, delgada, bien proporcionada. Así, con estas características, llegaban al mundo en Rusia. Dijo que era de San Petersburgo.

Definitivamente, había decidido olvidarse de nadar, a cambio de entablar amistad con la motivante rubia.

Hablaba fluidamente el castellano, fruto de una larga estancia en Buenos Aires y después en Barcelona. También le contó la edad que tenía. Treinta y dos años.

Tras proporcionarle este dato, ella se interesó por la suya, su profesión, estado civil, y también si tenía descendencia. Pero lo que más parecía interesarle era cómo se ganaba la vida.

Cuando le dijo que era propietario de una escuela de danza, inmediatamente puso mucho interés en saber cuántos alumnos tenía y las dimensiones del centro.

Una vez recabada toda aquella información, le dijo que llevaba muy poco tiempo en Madrid y aún no tenía definida su ocupación laboral. Estaba entre dos o tres cosas que no quiso desvelar.

Con aquella mujer, parecía que podían darse las condiciones para una relación. Una relación de intereses.

La rusa estaba imponente. Podría dejarse arrastrar por el juego que ella proponía, pero siempre que este fuera por tiempo limitado.

Sentados en aquel banco metálico, con el chapoteo de los nadadores desfilando ante ellos, se estaba alargando la mañana, ensimismado con aquella preciosidad.

Como para darle continuidad a la conversación y no dejar que decayera el interés, acudió a la recurrente pregunta. Le dijo que si iba mucho por allí. Ella le contestó que era la primera vez, y seguramente la última.

Le confesó que lo que realmente le gustaba de los deportes de agua era el *windsurf*. El tiempo que llevaba en Madrid solía ir el fin de semana con una amiga al pueblo de Cervera, en el pantano del Atazar, donde había un club de vela.

Aquel sábado, la propietaria del coche con el que se desplazaban, había enfermado de catarro, y ella había elegido la piscina como sucedáneo de la vela.

Para no dar por concluido el interesante encuentro, le dijo que ese día tenía un compromiso familiar ineludible, pero que, al día siguiente, domingo, podía contar con su coche para que le diera una clase de *surf* en aquel paraje de la sierra.

Sin dudarlo, le dijo que sí, que aceptaba el ofrecimiento, al tiempo que le preguntaba por el modelo de coche.

Con aquel cúmulo de información obtenida, se levantó, aludiendo que tenía prisa. Dijo que ella también tenía que resolver asuntos ese día.

Antes de separarse, en la puerta de los vestuarios, reclamó bolígrafo y papel a una de las trabajadoras del centro que pasaba por allí, con la intención de anotar su teléfono y su nombre.

Tras anotar aquellos datos, ella le dio su número de teléfono y también su nombre. Se llamaba Anuska.

El domingo muy temprano, como habían acordado por teléfono, la recogió de su domicilio en la calle Martín de los Heros. Le comentó cuando hablaron que la navegación había que iniciarla muy temprano, y hasta llegar a aquel pueblo, había que recorrer una considerable distancia.

Nada más entrar en su Alfa Romeo, de reciente adquisición, tuvo un comentario negativo hacia aquel vehículo. Dijo que no le gustaban los incómodos coches pequeños. Una apreciación que no se ajustaba a la realidad, su Alfa no era especialmente pequeño. Él, en clara discrepancia con su punto de vista, rechazaba los coches grandes, a los que consideraba una incomodidad en las grandes ciudades.

Ella, sin respetar otro criterio que no fuera el suyo, y en clara actitud ofensiva, afirmaba que el coche pequeño tenía una relación muy estrecha con la economía del dueño, y que, por lo tanto, sostener otros criterios suponía un posicionamiento hipócrita.

Aquella mujer, de espectacular físico, le estaba pareciendo insoportable. Su cuerpo y su manera de pensar y comportarse resultaban estar completamente disociados.

Ya en plena carretera de Burgos, no había marcha atrás, tendría que asumir el riesgo de un pésimo día junto a aquel conflictivo personaje.

Él, tratando de hacer distendido lo que parecía ya inevitable, a medida que se iban acercando a la zona norte, le comentaba las bondades de aquel paisaje de Madrid, en contraposición del sur.

Una objetiva opinión que decía compartir, aunque afirmaba que aquella sierra no tenía el encanto de los bosques rusos.

Se sentía acorralado, sin ningún resquicio por donde escapar de aquella inquisidora persecución.

Ya ni siquiera le parecía atractiva y, aquel cuerpo aparentemente *sexy*, había sucumbido en una muerte súbita. Se lo imaginaba insensible y frío.

Había decidido que no tenía sentido darle continuidad al viaje.

Al llegar al pueblo del Berrueco, pensó abstraerse de aquella incómoda compañía y desayunar en un bar conocido, donde ponían las mejores tostadas de la sierra.

Él aún no había verbalizado el cambio de planes. Esto prefería hacerlo con el estómago lleno. Pidió un café con la tostada típica del local. Una elección que ella quiso compartir, los dos admitían tener hambre.

Un apetito no saciado con aquel rico desayuno, que hizo necesario complementarlo con un trozo de tarta de la casa, también de buena reputación.

Aparentemente, el tono crispado de ella había remitido. Ahora era amable, parecía el momento de transmitirle el cambio de planes. Volver a Madrid.

Sorprendentemente, aquella decisión no tuvo ningún agrio reproche. Al contrario, ella parecía querer mostrarse comprensiva y un tanto cariñosa, como buscando el perdón por alguna supuesta mala conducta.

Ya dentro del coche, la atmósfera de seducción que ella creaba invitaba a comprobar si aquel espectacular cuerpo tenía vida. Aprovechando un momento de máxima proximidad, se disponía a darle un beso.

Él tenía 32 años. Aunque no era viejo, ni lo parecía, la insolente rusa parecía querer verificar los años de manera segura. Antes de que las bocas contactaran, intentó averiguar su edad a través de la salud dental. Le pidió que abriera bien la boca para inspeccionar la dentadura.

Aquel ofensivo gesto colmó el grado de permisividad que estaba dispuesto a tolerar.

Volvieron a Madrid en absoluto silencio. La había recogido en Martín de los Heros y la dejó en la Plaza de Castilla. Quería perderla de vista cuanto antes.

20

El baile griego

Andaba perdido buscando un lugar, una actividad, un *hobby* compartido donde conocer a alguien que le generara motivación, o simplemente le distrajera.

A través de su amigo Quique, que acababa de sufrir una dolorosa separación, tenía conocimiento de lo ambientada que estaba la clase de *sirtaki*, a la que este se había apuntado como remedio a la depresión en la que había caído tras la defunción de su matrimonio.

Eran unas clases que se impartían en un centro de la comunidad griega de Madrid, en la calle de la Libertad, cerca de las oficinas de Hacienda en la plaza del Rey. Él, que dominaba aquel baile, aunque no de manera absoluta, no tuvo dificultad en incorporarse a la rueda de principiantes, formada hacía ya dos meses.

Su objetivo no era adquirir más conocimientos de aquel baile, sino participar de aquel ambiente de mayoría femenina.

De las mujeres que durante la clase iban rotando, desde el principio surgió un importante interés en formar pareja con una de las componentes de la rueda.

Era alta, delgada, con una permanente sonrisa dibujada en su cara. Una cara bonita. Tenía cautivado al público masculino al completo. Se llamaba Nerea.

Aunque él y Quique estaban integrados en aquella comunidad de bailarines, con afectos desinteresados, pronto surgió entre ellos un especial interés por dos de aquellas postizas griegas: Nerea y María, una amiga de esta.

Pronto entre aquel cuarteto surgió una relación amistosa, con claras limitaciones en su caso.

El bálsamo que suponía la clase de *sirtaki* los martes y jueves a mediodía tenía continuidad los sábados por la noche en la sala But de la plaza Barceló. Esta sala era el punto de encuentro de los amantes del baile de salón, modalidad que los cuatro dominaban. El baile griego estaba reservado solo para martes y jueves.

Nerea tenía un cuerpo bien formado. Una belleza que, bailando (bailaba muy bien), exhibía de manera amplificada. Era delicioso, y también excitante, verla moverse en la pista con la sensualidad propia de las bailarinas bellas.

En But bailaban hasta las tantas de la madrugada y, ya agotados, terminaban la noche comiendo una hamburguesa en el *drugstore* de la calle Fuencarral, donde todos los noctámbulos coincidían en retirada.

Tras la agotadora noche de danza y el anticipado desayuno en el *drugstore*, Quique se marchaba con María, y él con Nerea, para soportar estoicamente el llanto desconsolado de su compañera de baile, recordando la pérdida de su novio. Una pérdida acaecida recientemente, de la que parecía no recuperarse.

Era enternecedor y doloroso verla llorando con el corazón encogido, de aquella manera absolutamente agónica, dando por perdida la vida.

Su papel de comprensivo confidente provocaba un acercamiento que se iba traduciendo en una sincera amistad. Entre ellos no cabía la posibilidad de que surgiera nada más. Por otra parte, la diferencia de edad, él treinta y dos y ella veinte, no alentaba a embarcarse en una aventura amorosa «contra natura». Además, el corazón de aquella mujer ya lo tenía entregado a otra persona. Solo era cuestión de tiempo para que esta ejerciera de dueño.

Pasadas unas semanas, ahora la distracción *de kertaki* martes y jueves, y salón el sábado, se le iba a incorporar otra actividad los domingos.

Acababan de dejar atrás el mes de mayo y se habían adentrado como por sorpresa en el caluroso verano de Madrid.

La idea de estar abstraídos nadando los domingos fue bien recibida por ambas partes.

En la carretera de Burgos, cerca del circuito del Jarama, estaba la piscina Los Llanos. Ese sería el punto de ocio acordado.

En unas amplias instalaciones llenas de vegetación y sombras, combatían el calor de junio liberando el pensamiento nadando.

Tras un intenso ejercicio natatorio, en una mesa merendero reservada bajo la protección de un tupido sauce, comían el plato típico de la casa. Una pierna de cordero. De postre, una generosa porción de sandía.

Tras disfrutar del exquisito cordero, la descartable idea de dormir la siesta en un sitio más cómodo era sustituida por la nada despreciable manta, que siempre llevaba en el maletero. Dormirían bajo la sombra de aquel árbol que les había cobijado durante la comida y que ahora velaría sus sueños.

Tras el placentero sueño uno junto al otro (guardando mínimamente las distancias), tocaba sacarle el máximo partido al día con una nueva sesión de natación, antes de disfrutar de una copa de helado en la cafetería. Allí se disponían a despedir el día.

Lentamente, con la tristeza reflejada en su rostro, Nerea saboreaba aquel refrescante dulce, imaginándose acompañada… por él.

Dejándose arrastrar por el ocaso de la tarde, avanzaban por la carretera de Burgos de regreso a Madrid, en un hiriente silencio que mostraba el cristalino pensamiento de ambos.

Cada uno imaginando dónde estarían en aquel momento… aquellos.

En la calle Pradillo la dejó igual de triste que cuando la recogió por la mañana. La intensa actividad lúdica del día no había conseguido modificar su estado de ánimo.

Se despidieron con un cariñoso abrazo, emplazándose para el martes en la clase de baile griego.

Ese día, el martes, ella no acudió a la clase. Era la primera vez que faltaba.

Durante la sesión, en el intercambio de pareja, echaba de menos coincidir con ella en la rueda. No fue una clase motivante.

A la salida, en una cabina telefónica que había justo en la puerta, la llamó.

Nada más descolgar, al otro lado, una voz masculina preguntó quién era:

—Hola, dígame, ¿quién eres?

Claramente, quedaba despejado el motivo por el que faltó a la puntual cita del baile.

Mientras hacía aquella reflexión, contestó a la pregunta:

—Soy Daniel, me gustaría hablar con Nerea.

Aquel hombre le contestó en un sorpresivo tono familiar.

—Ah, sí, Daniel, sé quién eres, me han hablado mucho de ti.

Le resultaba un tanto asombroso que aquel ya tuviera conocimiento de su existencia.

—Mira, te la paso, está aquí a mi lado.

—Hola, hola, hola… Si me preguntas cómo estoy, te diré que muy bien.

Efectivamente, se le notaba en un estado de alegría total. Daba la sensación de estar ante la felicidad personificada.

A continuación, le dijo:

—Solo quería saber si el no asistir hoy a clase era por causa de fuerza mayor. —A esto añadió—: Cosa que estoy comprobando es así.

Ella se echó a reír, intentando construir alguna ingeniosa respuesta que él no le dejó completar.

Se despidieron, emplazándose para hablar en otro momento, aunque dudaba de que eso ya fuera a producirse.

Colgó el teléfono y, tras recoger del cajetín dos pesetas que habían sobrado de la llamada, se dirigió calle La Libertad abajo, pensando que había perdido la pareja de baile. Un hecho que no le preocupaba ni le entristecía.

En aquel momento, por Nerea, solo sentía una profunda envidia.

21

El yoga

Estaba perdido, tenía que pensar hacia dónde dirigir sus pasos, qué rumbo tomar. Su herida no dejaba de sangrar.

Él tenía amistad con el prestigioso maestro de yoga Ramiro Calle. Le contó su situación anímica. Estaba bajo mínimos.

Sin dudarlo, Ramiro le recetó el yoga como medicina fiable. Lo derivó con un amigo suyo que daba clases en un estudio cerca de su casa, los lunes y miércoles al mediodía.

Casi todas las aventuras que emprendía elegían este horario, o también el fin de semana. De esta manera no abandonaba el control de la escuela. Aunque el interés por aquella joya había pasado a un segundo plano.

Se planteó la recomendada gimnasia oriental como la terapia que lo devolvería al mundo, sin la presencia de ninguna mujer.

El primer día comprobó que aquella exigencia se cumplía. La clase, mayoritariamente, estaba compuesta de mujeres muy entradas en años, con lo que el protagonismo de una de ellas en su vida estaba descartado. También había dos hombres, Felipe y Julián que, al igual que ellas, también estaban entrados en años.

La áurea mística del profesor, un hombre de unos sesenta años, camuflado de hindú, con una puntiaguda barba y colorido turbante, imprimía un convincente grado de credibilidad, a no ser porque se llamaba Antonio.

Aquella erudita imagen la apoyaba con términos asiáticos para enumerar los movimientos y posturas. Un lenguaje con el que pretendía avalar su eficacia.

Ya de inicio, el escuálido yogui quiso dejar constancia del dominio de aquella especialidad gimnástica, basada en la flexibilidad.

Proponía movimientos y posturas, altamente complicadas de ejecutar, que él realizaba con aparente facilidad.

No así aquellas mujeres que asistían impotentes sin poder seguirle en su exhibicionista demostración de elasticidad.

Claramente, aquella propuesta parecía estar más cercana a un entrenamiento contorsionista circense que a aquellas mujeres, limitadas por los achaques con las que las penalizaba el tiempo.

Volvió al día siguiente, miércoles, a someterse a la disciplina de aquel místico maestro, nada convencido de que aquella terapia fuera la solución.

Nuevamente se repetía la secuencia de movimientos, con el objetivo, según aquel entendido, de ir memorizando y asimilando su ejecución. Este aprendizaje requería de tiempo, por lo que no había que desmoralizarse, insistía el instructor.

Él, acostumbrado al frenético dinamismo del *jazz*, no estaba seguro de dedicarle mucho tiempo a aquella pasiva gimnasia.

Aquel miércoles, tras la desmotivante sesión de estiramientos, en una espontánea asamblea liderada por Antonio, se proponía ir el fin de semana al pueblo de Pedraza, para asistir a dos días de meditación y recogimiento, previo pago de quinientas pesetas. En el precio figuraba incluido el alojamiento y la comida.

Toda la gestión del evento la hacía Antonio. Naturalmente, también la administración de las quinientas pesetas.

Todos se apuntaron. Quedarse fuera de aquella «excursión» resultaba bastante excluyente, de manera que quiso parecer integrado en el grupo. También se apuntó.

Con el lastre permanente de aquel pesado recuerdo, cualquier cosa que sirviera de distracción resultaba útil.

Con esta idea emprendió el viaje aquel sábado a primera hora de la mañana, camino del histórico (decían) pueblo serrano en la provincia de Segovia.

Como compañero de viaje eligió a Felipe. Entre ellos, que hasta entonces no habían cruzado alguna palabra, surgió una amena charla en la que el compañero le iba contando su vida.

Tenía una vida extensa. Había sido torero y ayudante de cámara en el cine. Se lamentaba de la falta de padrino en los toros y, por el contrario, se vanagloriaba de haber tenido una relación muy cercana con las celebridades de la época. Sarita Montiel, Alberto Closas, José Isbert y otros. Así como con los directores Buñuel y Berlanga, entre otros.

Se dejaba llevar por aquel relato de curiosas vivencias, narradas con tanto sentimiento, que Felipe parecía revivirlas con un poso de tristeza. Aunque tal vez era la nostalgia por la juventud perdida.

Tenía dos hijos. Uno de treinta años, que había estudiado ATS y trabajaba en Bélgica, donde se había casado con una belga. El otro, de 19 años, soltero, quería ser actor, y aparecía en alguna película en algún papel de figuración. También hacía publicidad. En aquel momento, decía el orgulloso padre, se le podía ver en un anuncio de televisión, vendiendo enciclopedias del círculo de lectores.

Inmerso en el pasado del compañero de viaje, se iban aproximando al pueblecito de la sierra segoviana, que provocaba los elogios de la expedición, la mayoría reincidentes en aquella experiencia.

★★★★★

El pueblo, con muchos años de existencia, tenía una puerta en forma de arco, por donde se accedía a la urbe, en tiempos amurallada.

Ese día, sábado por la mañana, había importante trasiego de visitantes llegados de la capital, con la intención de disfrutar del milenario lugar y su gastronomía. Sobre todo, llamados por la fama del inigualable cabrito asado, decían los entendidos excursionistas.

En aquel lugar, carente de infraestructura hotelera, se hospedaron en un viejo caserón acondicionado como hotel rural. Así lo describió Antonio.

No había tiempo que perder. Una vez asignadas las habitaciones, quedaron todos en la humilde recepción, para comenzar el día cumpliendo con el cometido que los había llevado hasta allí.

Caminaban atravesando una plaza antiquísima, donde imaginar deambular por allí de noche suscitaba un tenebroso atrevimiento.

Nada más abandonar aquel espacio consistorial —allí estaba ubicado el Ayuntamiento—, llegaron al centro de trabajo. Una casa vieja, como todas las demás, con vistas a un valle donde tendría lugar el recogimiento y la meditación anunciada.

Después de un discurso que hacía referencia a la conexión del cuerpo y el alma, que el yogui (Antonio) pronunciaba con aparente convicción en el relato, se procedió a poner en práctica aquella teoría. Antes se hizo una demostración de las dos posturas en las que se iba a trabajar: *sukhasana* y *savasana*.

En esta ocasión, con el alma como centro de atención, en la postura *sukhasana*.

Sentados, con las piernas separadas en flexión, y las manos apoyadas en las rodillas y con el dedo pulgar e índice pinzados, aquel disfrazado tibetano, haciendo hincapié en mantener la espalda recta, les invitó a que cerraran los ojos y se dejaran llevar por momentos personales, de lugares donde hubieran percibido una constatable relajación y paz.

Una sugerencia, condicionada por el rumor del mar que se oía de fondo, reproducido en un radio casete estratégicamente oculto. Claramente, el lugar placentero «impuesto» era una playa.

Había otra circunstancia donde el fraude colectivo se hacía evidente.

Aunque el objetivo de la sesión era hacer trabajar únicamente al cerebro —aislando el resto del cuerpo—, después de media hora en aquella exigente postura, inhibir a la espalda de cualquier esfuerzo físico resultaba un objetivo absolutamente utópico.

Pensando que su debilidad en la espalda podía estar motivada en el poco dominio que tenía de aquella disciplina oriental, abrió los ojos para cerciorarse a través de la respuesta corporal del grupo.

Además de encontrarlos con los ojos abiertos, habían abandonado la verticalidad de la columna por la posición inclinada, más cómoda, con los codos apoyados sobre las rodillas.

Esta imagen le llegaba con el gurú Antonio al fondo, «presidiendo» el grupo con los ojos cerrados.

Transcurrida una hora, con aquel público de observador, el maestro comenzó a pronunciar unas palabras referidas a la respiración y a la supuesta paz que cada uno debería de haber experimentado, tal como le había sucedido a él. Al tiempo que poco a poco iba abriendo los ojos.

Tras aquella profunda meditación (la de aquel), fue dirigiéndose a cada uno por su nombre, preguntando por la experiencia vivida.

La respuesta general era que ellos también habían encontrado aquella paz y vivido la misma sensación. Una unánime experiencia un tanto cuestionable.

Probablemente habrían encontrado la supuesta paz, pero no a través de una meditación profunda.

La adhesión incondicional al gurú no ponía en cuestión los beneficios de aquella técnica.

Él, para no entrar en contradicción, cuando fue preguntado, dijo que había vivido una experiencia única.

Tras exponer las experiencias individuales, se disponían a disfrutar de los beneficios de la relajación mental en la postura *savasana*. Tendidos boca arriba, con las palmas de las manos abiertas.

Ahora el sonido del mar de fondo era sustituido por una breve comunicación verbal del maestro, que aparecía de improviso en el espeso silencio, referida una vez más al control de la respiración y a la desconexión del cuerpo con la mente. Esta premisa era muy repetida.

Las gruesas paredes de piedra de aquella antiquísima casa aislaban el calor de tal manera que la climatización del espacio era perfecta.

Cercanos ya al mediodía, la postura *savasana* y la idónea temperatura invitaban a abandonar el cuerpo, y también el alma, para dejarse llevar hacia el placer tangible de una buena siesta.

Aquel objetivo que, a punto de cumplirse, era abortado por los inoportunos y reiterados consejos respiratorios del insistente gurú. Unas detestables palabras de apoyo que siempre se producían cuando estaba a punto de dormirse.

En el descanso del mediodía, un tanto somnoliento, se dirigieron a uno de los muchos restaurantes que alimentaban a los visitantes y también la economía del pueblo, como parecía ser la única fuente de ingresos de aquel lugar. Comieron un menú de grupo, con precio cerrado. Un cocido madrileño.

Después de degustar el plato típico de la capital, y con el estómago lleno, se dispusieron a dar un paseo por aquellas milenarias calles, seguido de un breve descanso en el «hotel», tras el cual volvieron al lugar de trabajo para repetir la secuencia de la mañana: meditación… e intento de siesta.

La tarde fue una réplica de la mañana. Reflexión en la postura *sukhasana* y meditación en *savasana*.

La noche llegó sin grandes perspectivas de cambio, ya que se hacía hincapié en que el objetivo de aquel viaje estaba centrado en el recogimiento.

Después de la cena, una sopa castellana acompañada de dos descomunales tortillas de patatas, de las que iban cortando raciones, cada uno fue ocupando su habitación en aquella enorme casa. Eran habitaciones individuales, donde cada uno debería continuar con su búsqueda interior.

Aquel «sobreesfuerzo» mental había hecho que estuviera cansado.

Naturalmente, no hizo ningún intento de bucear en su interior para encontrar solución a ocultos conflictos. Él solo tenía un problema, y estaba perfectamente identificado.

Por la mañana, el programa de trabajo presentaba alguna importante variante respecto al día anterior.

Se comenzaba con una clase de *jata* yoga, donde el flexible gurú se exhibiría ante la admiración de sus artrósicas admiradoras, incapaces de seguirle en sus contorsionistas movimientos. A Felipe y Julián no los incluía en aquel grupo de incapacitadas, ya que, a pesar del exceso de peso, parecían responder mejor a las propuestas del profe.

Tras la apoteósica exhibición, se cerraba la mañana con una nueva sesión de meditación, para terminar con el momento al que todo el mundo hacía referencia. La comida con el plato estrella de la tierra. El cabrito de Pedraza.

Tras la comida y admitir la exquisitez de aquel asado, se dispusieron a despedir aquellas dos jornadas espirituales con doble sesión de recogimiento, ahondando en el interior de la psique. Así lo describía el «tibetano» Antonio.

En la postura *savasana* y la frase doble sesión, tras la opípara comida, pensó que se daban las circunstancias para llevar a cabo la soñada siesta, que había perseguido insistentemente.

Se despertó después de dos horas, tras un toque de Felipe, que advirtió su abandono total en aquella profunda «meditación», sin control del tiempo.

Aunque los visitantes de fin de semana generaban bullicio en las calles y, sobre todo, en los restaurantes, aquel pueblo transmitía tristeza por todos sus poros. No se imaginaba viviendo en aquel lugar.

Antes de emprender el camino de regreso, tal como estaba previsto en el programa de «actividades», había que visitar una cárcel medieval de mucho interés histórico, decían algunos que la habían visitado varias veces. Siempre que se apuntaban a las jornadas espirituales.

La visita a aquel macabro centro de castigo fue el punto que determinó su rechazo al yoga y la convicción de que el cabrito de Pedraza no había justificado aquel lamentable fin de semana.

22

Las discotecas abrían de madrugada

Pasaba el tiempo. La fase de desencanto y desmotivación en la que estaba entrando atentaba claramente contra su salud.

Antes de recurrir a la ayuda de un profesional en la materia (un psicólogo), pensó agotar por sí mismo las posibilidades de curación que, según sus autodidactos conocimientos, pasaban por encontrar a alguien de manera inmediata. Alguien que le ayudara a olvidarla. No conseguía sacar a Julia de su mente, y tampoco de su corazón.

Se acordaba de cuando era joven, el campo de posibilidades que daban las discotecas para conocer gente. De hecho, sus primeros amores surgieron en estos lugares de captación de sensibles corazones.

Para él, ligar en una discoteca era un esfuerzo, un trabajo, que requería una gran dosis de paciencia y perseverancia. No era una diversión.

Le daba pereza afrontar aquel reto, dedicando tanta energía a un objetivo de incierto resultado. Por otra parte, no perdía nada explorando en otro campo.

Una noche se disponía a ir al frente de batalla (como en los viejos tiempos), cuando era joven.

Se arregló para la ocasión y se dirigió al centro, a una discoteca que recordaba de aquellos años. El local se llamaba Ragazzi y estaba en la zona de Arapiles.

Llegó con tiempo para poder elegir un buen observatorio. La idea era poner en práctica aquel método de selección, que tan buenos resultados le daba entonces.

Eran las diez menos cuarto. Él recordaba que el segundo turno abría a las diez en punto.

La discoteca Ragazzi seguía existiendo, pero a las diez menos cuarto estaba cerrada. Pensando en la puntualidad en la apertura del negocio, se fue a dar una vuelta.

Volvió a las diez y media, y la discoteca permanecía cerrada. Ante el desconcierto que le producía aquel contratiempo, le preguntó a un transeúnte por el motivo del cierre del local.

Aquella persona le aclaró que aquel negocio no estaba cerrado, lo que sucedía era que abría a la una de la madrugada.

Cogió el coche, haciendo un recorrido por todas las discotecas que él recordaba. Todas estaban cerradas. Todas abrían a la una.

Se fue a casa un tanto decepcionado. Habían cambiado las modas. Si quería optar por aquel método de búsqueda, tendría que reciclarse.

Asumiendo que los tiempos eran diferentes, y que ya no tenía la misma edad, ni el mismo «entrenamiento», decidió dedicar los viernes por la noche, en aquel actualizado horario, a la búsqueda de la ansiada mujer, que le liberara de aquel indestructible amor.

Estar esperando hasta la una de la madrugada se le hacía largo y pesado. Para acortar el tiempo de espera y estar descansado el resto de la noche, adoptó un método que en principio cumplía con las exigencias requeridas. Comenzar la noche con todas las energías intactas para la dura batalla.

El método consistía en echar un sueño hasta las doce y media. A esa hora le avisaba el despertador.

A la una en punto estaba en la puerta del trabajo. Una discoteca de moda, de la que le habían llegado buenas referencias. Se llamaba La Folie y estaba en la calle del General Martínez Campos, esquina con La Castellana.

Estuvo todo un mes, yendo a La Folie los viernes de madrugada, sin la obtención de los resultados soñados.

Aquel local estaba lleno de mujeres de aquella zona. Chicas de las llamadas pijas, pedantes y engreídas, de una capa social claramente excluyente.

Una vez asumido que allí no la encontraría, abandonó aquel método de búsqueda. No estaba dispuesto a insistir en aquel estéril sacrificio.

23

Buscándola en Internet

Pasaba el tiempo y continuaba con el reloj parado. Se hacía necesario el estímulo de un amor que le diera sentido a la vida. Un amor que, aunque buscaba por todos los rincones, no conseguía encontrar.

Un día, cuando fue a visitar a su amigo Óscar, fue sorprendido por un nuevo método de búsqueda, absolutamente novedoso.

Óscar le abrió la puerta y, a continuación, corrió apresuradamente al ordenador. Dijo que estaba hablando con una chica.

Su amigo, al tiempo que escribía, miraba la pantalla sin dejar de sonreír. Este le invitó a que se sentara junto a él, para que comprobara la eficacia de aquel invento. Era la manera rápida de relacionarse que la tecnología propiciaba. Le dijo que estaba ligando con dos chicas a la vez.

Al tiempo que se escribía con aquellas mujeres, le iba haciendo una demostración gráfica de la mecánica de aquel método de búsqueda. Un método desconocido para él.

Óscar, sorprendido de su ignorancia, le animó a que utilizara aquella herramienta, sencilla y sin coste alguno. Se podía acceder cómodamente desde casa.

Su amigo quiso que comprobara por sí mismo la efectividad de aquel método.

Sentados los dos frente al teclado, accedieron a un chat. En la pantalla aparecían una relación de participantes, hombres y mujeres agrupados por edades. También se podía acceder a grupos, por objetivos de relación.

Animado por aquel experto, eligió a una mujer de las que aparecían allí, en un extenso listado. Se llamaba Estrella.

No sabía qué decirle. Aquel le dijo que no tenía que buscar una palabra o frase brillante; simplemente, con decirle hola era suficiente.

Le dijo «hola» a Estrella y esta le contestó con un «hola, qué tal».

Quedó fascinado por la eficacia del sistema. Al otro lado de la pantalla, el extenso listado de mujeres parecía estar dispuesto a contestar a sus preguntas y ocurrencias.

Con absoluta naturalidad, durante un rato se centró en hablar con aquella desconocida, en una conversación completamente satisfactoria. Acababa de descubrir el poder de internet en las relaciones personales.

Él no tenía ordenador, y tampoco sabía manejarlo. Su objetivo inmediato ahora sería comprarse uno y aprender a navegar por aquella enigmática pantalla.

En una academia de informática del Paseo de las Delicias, impartían clases para el manejo de la red. Se apuntó a una de aquellas clases, con la intención de adquirir el conocimiento que le permitiera chatear con el dominio necesario.

La clase era absolutamente particular. A la profesora —una alumna aventajada de la academia— le dijo que se centrara únicamente en el dominio de aquellos foros de comunicación.

El manejo del chat no requería de grandes conocimientos. Con saber utilizar el correo electrónico para el envío de fotos y acceder a los canales de conversación, estaría apto para comenzar a explorar aquel fascinante y desconocido mundo.

La alumna profesora que le enseñaba tenía un novio que vendía ordenadores. Aprovechando esta circunstancia, le compró a este aquella valiosa herramienta.

De aquella manera, salió de la academia Colón (así se llamaba la escuela) con los conocimientos necesarios que buscaba, y también con ordenador.

El novio de la profesora le instaló el portátil, con el correspondiente antivirus y demás necesidades básicas. Le dejó la herramienta perfectamente preparada para que iniciara la aventura con todas las garantías técnicas de seguridad.

El uso de aquellos contactos cibernéticos pronto se convirtió en agobiante obsesión. Las sesiones de búsqueda eran maratonianas. Comenzaban a las tres de la tarde, y podían alargarse hasta las tantas de la madrugada.

Al principio, solo eran conversaciones, charlas amenas. A veces llegaban a ser interesantes, pero siempre desde el anonimato.

Aquellas cibernéticas citas, empleando el mismo *nick*, al principio generaban favorables expectativas; después se iban traduciendo en nociva ansiedad. Aquel sistema propiciaba un conocimiento demasiado abstracto del personaje. El método generaba muchas dudas.

Las anónimas y maratonianas charlas se alargaban en el tiempo sin un resultado práctico. Una circunstancia que había que ponerle remedio. Para despejar dudas, decidió imponer a su interlocutora un encuentro presencial.

Un encuentro real era rechazado mayoritariamente. Cuando esto sucedía, el grado de fraude se hacía evidente. En tal caso, el personaje era descartado. De aquella manera, el filtrado de fraudulentas chateadoras podría acercarle al objetivo.

Aquel método creó un listado de candidatas muy interesante *a priori*. Cada una de las componentes de aquella lista era susceptible de ser la mujer que andaba buscando.

Con aquellas elegidas ya no utilizaba internet, se comunicaba por teléfono. La voz daba una información que no se obtenía chateando.

De entre el grupo con el que hablaba asiduamente, eligió a una. Se llamaba Bárbara.

Aquella mujer no tenía ningún problema en tener un encuentro real. El único inconveniente estaba en que vivía en Gerona.

Con Bárbara se comunicaba todas las noches por teléfono. Era ágil hablando, además de imaginativa y ocurrente. Las charlas nocturnas con la gerundense siempre eran interesantes.

A medida que se fueron conociendo por teléfono, las conversaciones fueron adquiriendo un tinte de atrevimiento que, dadas las horas en que se producían, terminaban inevitablemente en una clara manifestación erótica. Como para reforzar aquellas concretas situaciones, ella le envió unas fotos muy cuidadas, donde se mostraba posando con intencionada sensualidad. En las fotos aparecía desnuda, envuelta en un fular.

El pañuelo le recorría todo el cuerpo, tapándole las partes más íntimas de su anatomía; lo demás quedaba al descubierto. Aunque las fotos tenían un gran componente artístico, su interés se centraba en el cuerpo de Bárbara. Tener un encuentro con aquella mujer era tentador.

En vísperas del puente de agosto, día de la Asunción, le propuso que fuera a verla para pasar esos días juntos en Sant Feliu de Guíxols. Allí vivía ella. Él no le aseguró nada.

El mismo día quince, la llamó para confirmarle su decisión de conocerse en persona.

Aquel viaje no albergaba grandes expectativas, a excepción de tener un encuentro íntimo con la sugerente modelo de las fotos. Su ambición no excedía de pasar tres días de sol, playa y tal vez algo más, con aquella interesante mujer. La distancia entre Madrid y Gerona, por otra parte, limitaba una hipotética relación más consistente.

Habían quedado en una terraza del puerto de Sant Feliu. Ella le había indicado cómo iría vestida para que fuera fácilmente identificable. Le dijo que llevaría una camiseta de tirantes de color rosa, un pantalón blanco y unas sandalias de cuero, también de ese color. Con aquella descripción del vestuario sería fácilmente reconocida, le dijo. El color del pelo lo obvió.

Él había llegado un poco antes de la hora establecida, con objeto de verla llegar y hacer una valoración desde la distancia.

Apareció en el fondo del puerto. Era ella. El atuendo correspondía al que le describió.

A medida que avanzaba hacia él, iba descubriendo que la mujer de las fotos no guardaba orden cronológico con aquella que se aproximaba.

Esta Bárbara no tenía nada que ver con la que aparecía tapando sus sugerentes encantos con el pañuelo. Era más mayor, entre otras cosas.

Después de saludarse, fue descubriendo detalles que justificaban su disimulada frustración.

Tenía el cuerpo poblado de *piercings*. En las orejas, la nariz y el ombligo. Ante su asombro por tanta perforación, ella le dijo que aún tenía más. Se subió la camiseta y le mostró dos más. Dos que le atravesaban los pezones.

La dispersión de tanto *piercing* por el cuerpo era destacable, pero lo que más llamaba su atención era el color del pelo. Su media melena de color verde.

Aquel desajuste en su perspectiva ya no tenía arreglo. Debía distraerse; al fin y al cabo, eso era esencialmente la finalidad del viaje.

Una vez rehecho de aquella decepción, propuso ir a comer. Estaba cansado. En la misma terraza donde estaban tomando una cerveza, decidieron quedarse para cumplir con aquel necesario trámite. Los dos confesaron estar hambrientos.

Tal como sucedía por teléfono, la conversación de ella era agradable, y por momentos interesante. Trató de abstraerse de la intimidatoria imagen de aquella mujer, y disfrutar de su conversación.

Después de la comida, ahora tocaba buscar alojamiento.

La precipitada decisión de hacer aquel viaje había impedido reservar anticipadamente un hotel. A pesar de la importante oferta hotelera de Sant Feliu, en aquel momento, en pleno mes de agosto, no quedaba disponible ni una sola cama.

La tarde se estaba consumiendo buscando hotel, sin la posibilidad de disfrutar de la playa y el baño. Parecía imposible encontrar alojamiento en aquel pueblo.

Como Playa de Aro estaba cerca, decidieron probar allí, con la misma suerte que en Sant Feliu. Todo estaba completo.

Entre el cansancio de tantas horas conduciendo y la búsqueda de hotel, aquel viaje se estaba convirtiendo en una auténtica incomodidad.

Cuando ya se veía durmiendo en la arena sobre una toalla, Bárbara lo tranquilizó. Le dijo que como última opción podrían pasar la noche en un *bungalow* de un *camping* que había en la montaña. Aquella solución le pareció aceptable. Necesitaba un sitio para descansar. El día estaba siendo muy agitado.

★★★★★

Ya estaba muy avanzada la tarde y la posibilidad de darse un baño se empezaba a desvanecer, cuando ella le anunció que conocía una playa camino de Sant Feliu. Era una cala muy pequeña y solitaria. En realidad, dijo, era una playa nudista poco frecuentada.

Ya tenía asumido que dormirían en el *camping*, de manera que no había prisa.

Como ella dijo, la cala era muy pequeña. Estaba poblada por un grupo reducido de hombres y mujeres, todos desnudos, de los que ellos comenzaban a formar parte.

Con el mar en calma, se lanzaron rápidamente al agua, para disfrutar del ansiado baño, en el estado de libertad total que produce nadar desnudo. De regreso, al llegar a la orilla, descubrió un nuevo *piercing* en el cuerpo de Bárbara. Este lo exhibía en un lugar un tanto inverosímil. Lo tenía incrustado en los labios de la vulva.

Comenzaba a anochecer. Tras una nueva incursión nadando, en aquellas tranquilas aguas, decidieron regresar para gestionar el lugar donde dormir.

El *camping* al que ella se había referido estaba situado sobre una montaña, desde donde se veía el puerto de Sant Feliu. Tenía una vista espectacular.

Junto a aquel complejo de acampada, había un hotel de cuatro estrellas que, por lo alejado que estaba del pueblo, no habían visitado. Ya que lo tenían tan cerca, decidieron preguntar. Dormir en un hotel daba más confortabilidad. Allí les dieron habitación, pero solo por una noche.

Las perspectivas para el día siguiente no eran buenas. Por la mañana tendrían que dejar la habitación. Ante aquel oscuro horizonte, pensó que era mejor no adelantar acontecimientos. De momento tenían hambre y querían cenar.

La cena se servía en una terraza, desde donde se veía el puerto iluminado. Era un lugar bonito. Un lugar que podía haber sido romántico, con la otra Bárbara que él esperaba.

Aun con el cambio de personaje, intentaba sacarle partido al momento. Nunca se había acostado con una mujer armada con tanto metal.

Como ya demostraba por teléfono, ella se mostró muy fogosa. La noche fue muy agitada. Además de contener sus ataques amorosos, debía estar atento a no sufrir un percance. Aquellos objetos metálicos diseminados por todo su cuerpo infundían cierto miedo. Tenía la sensación de que aquella noche podría terminar mal «herido».

Al otro día por la mañana, afortunadamente ileso, abandonaron el hotel.

Bajaron al puerto para desayunar, en un lugar donde ella le aseguró que se hacían los cruasanes más ricos.

Tenía apetito, se comió dos cruasanes y tomó dos cafés. Ella le acompañaba con un desayuno más liviano.

Al tiempo que degustaba aquella rica bollería, se hacía una composición de lo que sería un nuevo día en aquel pueblo sin hotel, llegando a una nefasta conclusión.

Tras un clarividente razonamiento, mientras apuraba los últimos sorbos de café, le dijo que se volvía a Madrid. Eso se lo decía mientras se comía el último trozo de bollo mirando al plato. Luego levantó la cabeza, para mirarla y ratificarse en su decisión. Le dijo que se iba.

El carecer de alojamiento era un argumento lo suficientemente consistente que no admitía ningún cuestionamiento. Ella manifestó entenderlo, aunque aquella decisión la entristecía, dijo.

Era divertida, inteligente. Sin aquella imagen estrafalaria, podría haber resultado una mujer interesante.

Le acompañó en su coche hasta las afueras del pueblo, cerca de la autopista que le llevaba de regreso a Madrid. En una zona de servicio, paró para despedirse.

Fue una despedida triste. Con ella ya llevaba hablando por teléfono algún tiempo. Por las noches se había convertido en una compañía familiar, y aunque conocerla en persona fue decepcionante, después de aquel tiempo le había cogido cariño.

Bárbara le dio un largo y conmovedor abrazo, seguido de un beso, en un silencioso e inconfundible lenguaje de dolor. Le estaba diciendo adiós. Adiós para siempre.

★★★★★

Pasaron varias semanas. A pesar del clamoroso fiasco de Gerona, mantenía contacto con el resto de candidatas de aquella seleccionada lista.

Estaba terminando agosto. La soledad que producían aquellos días de verano, sin compañía, se hacía patente en el ambiente, aquella tarde de sábado sin ninguna perspectiva para matar el tiempo.

Era mediodía. Estaba esperando la llegada de Víctor, un profesor de la escuela, para el que El Estudio 53 se mantenía abierto los sábados por la tarde.

Mientras esperaba, decidió hablar con Carmen, así se llamaba la chica de Granada. Una de las integrantes de aquella lista.

Carmen ese día en Granada, al igual que él en Madrid, no tenía nada relevante que hacer. Sus vidas carecían de proyectos, dijeron. Ella le propuso verse esa misma tarde, a mitad de camino.

El punto que delimitaba la mitad del trayecto, entre las dos ciudades, era Valdepeñas.

Aquella ciudad no suponía una distancia insalvable, de manera que aceptó el reto, previo algún plan de distracción, que no fuera pasear por las calles del pueblo manchego con el calor tórrido de aquel día.

Una piscina era el lugar, y el pretexto perfecto, para una exacta evaluación del físico de Carmen. Una propuesta que ella no aceptó. Prefería hacer otra cosa, que decidirían sobre la marcha, dijo.

Ante aquella negativa a exhibir su cuerpo, quiso asegurarse de que no hubiera más sorpresas, como sucedió en el viaje a aquel pueblo de la Costa Brava.

Le pidió que le recordara cómo era exactamente, sin mentir.

Le dijo que medía 1,75 cm y tenía el pelo corto. Obvió decirle el peso. Al recordarle que la estatura sin el peso no constituía una referencia, le añadió aquella información. Pesaba 60 kg.

Ella le recordó que aquellos datos ya se los había proporcionado en su momento, cuando se conocieron por el chat.

Hizo cálculos, determinando que 1,75 cm y 60 kg suponían una excelente proporción. Ella a él no le pidió que le recordara cómo era; al principio le había mandado una foto, y aquella referencia parecía que le bastaba.

Una vez refrescada la memoria, añadieron otras referencias de identificación. La ropa que llevarían y el modelo de coche.

Con toda aquella información, se puso en marcha camino de una nueva aventura.

★★★★★

Durante el trayecto camino de Valdepeñas, trataba de hacer una composición entre aquellas medidas y su cara. Ella le había mandado al principio un retrato, donde no parecía nada fea. De todas maneras, no convenía agobiarse, incluso, era mejor ponerse en lo peor. Al fin y al cabo, esa tarde no tenía nada que hacer, y aquel pueblo con su potente coche no suponía un gran desplazamiento.

Habían quedado en la entrada de Valdepeñas, en la avenida de las Tinajas. El nombre de la larga calle venía dado por la plantación de aquellos enormes recipientes de barro, de principio a fin.

En aquella pintoresca calle se ubicaban muchos negocios, siendo el más reconocible un centro comercial. Un Pryca.

En el *parking* de aquel negocio, habían quedado a las dos y media.

Hacía cinco minutos que había llegado, cuando a lo lejos vio aparecer un vehículo, del color y modelo que le había descrito Carmen.

El coche avanzaba despacio, hasta que se detuvo a su altura.

La mujer que conducía, (supuestamente ella), giró la cabeza hacia él. En aquel momento se acordó de Óscar.

Este le había dicho que no fuera condescendiente, si cuando quedara con alguien, no encontraba lo que esperaba. En ese momento debería de renunciar al encuentro de inmediato, sin tener en cuenta ninguna connotación de cortesía ni sentimiento de culpabilidad.

Estuvo a punto de cumplir con el consejo de su amigo. Aquella mujer era horrible.

Tenía los pómulos hundidos, al igual que sus ojos, y las mandíbulas se perfilaban perfectamente debajo de la piel. Mostraba una cara cadavérica.

Él la observaba dentro del coche, sin saber qué decisión tomar.

Finalmente, en un acto misericordioso, bajó del coche. Ella también bajó del suyo. La figura esquelética de la cara era la prolongación del cuerpo. Llevaba una blusa azul que le colgaba de los hombros, y un pantalón blanco sujeto con un cinturón. El cinturón parecía ir atado a un manojo de huesos. Sus glúteos, sus caderas, sus piernas, todo su esqueleto parecían carecer de tejido muscular. Resultaba espeluznante mirarla.

Quedaba claro que aquella foto era muy anterior a su estado actual de anorexia extrema.

Aquella mujer debería de haberle advertido de su crítico estado de delgadez, aunque seguramente en su caso se cumplía la percepción de aquellos enfermos que no percibían el estado real del problema. Carmen no se vería delgada.

Aun tratando de entenderla, pensaba que ella le había mentido.

Él también mentía. Mentía en algo que de inmediato saltaba a la vista. Siempre le añadía diez centímetros a su estatura. Decía que medía uno ochenta y cinco.

Como en las distancias cortas creía ganar mucho, apelaba a su vanidosa percepción de sí mismo para minimizar el embuste.

Había una cosa en la que ella no le había mentido. Tenía la misma estatura que él.

Una vez tomada la decisión de quedarse, había que asumir el hecho y tratar de empatizar en lo posible con aquella persona.

Eran cerca de las tres de la tarde, la hora de comer, y los dos tenían hambre. Se planteaba la necesidad de encontrar un lugar donde dieran comidas. Se dirigieron al centro de Valdepeñas en busca de un restaurante.

Antes de entrar al centro urbano, al final de la avenida de las Tinajas encontraron donde comer.

Era un restaurante con el nombre muy parecido al de aquella calle, solo se diferenciaba en que se pronunciaba en singular. Se llamaba restaurante La Tinaja.

El metre los acompañó a un gran sótano, en cuyo centro estaba el elemento que daba nombre al local. Rodeada de mesas se levantaba una enorme tinaja.

Mientras comían, él pensaba en qué invertir el resto de la tarde. Aunque Carmen era locuaz y muy habladora, él, por el contrario, el frustrante encuentro lo había enmudecido. Tenía que esforzarse para mantener viva la conversación que ella proponía de manera constante.

Para solucionar aquella situación incómoda, y también para liberarse del calor reinante en la calle, se le ocurrió una idea para poner en práctica después de la comida. En el centro comercial donde habían quedado momentos antes, se anunciaban cines.

El cine solucionaría aquellos dos inconvenientes. En la sala de proyección no se podría hablar, y además estarían liberados del calor por el aire acondicionado.

La propuesta de aquel refugio a ella le pareció bien, sobre todo pensando en el calor que haría a esas horas en la calle.

Tras una comida apoyada en el soporte de la conversación de Carmen (era muy habladora), y también ocurrente, se aproximaban a las cinco de la tarde. A esa hora, recordaban que se anunciaba una película en el Pryca.

El horario, que se adaptaba a las necesidades del momento, prevaleció sobre la calidad de la proyección. Vieron la película en un estado de relajación y cordialidad, pero con evidente falta de afecto.

A la salida del cine el calor había remitido. Ahora, la temperatura admitía un paseo.

Tras una distendida caminata por el centro del pueblo, se detuvieron para disfrutar de dos copas de helado, sentados en la terraza de una pintoresca heladería. El refrescante negocio se levantaba en un lateral de la azulada plaza del ayuntamiento, masivamente poblada de niños en aquellas horas.

Resguardados por la sombra de la iglesia que les protegía del sol ya caduco, a punto de desprenderse por los pelados cerros de viñedos, ella le contaba su vida y los proyectos que tenía para aquel verano que tocaba a su fin.

Le dijo que en una semana se iba de viaje a Egipto con una compañera de instituto. Ella era profesora de Historia.

Mientras terminaban de apurar las copas de helado, Carmen le confesó, a modo de despedida, que no atravesaba por un buen momento vital. Le dijo que sentía que la vida no le ofrecía nada que le diera ilusión.

Le dio las gracias por haberle proporcionado aquella agradable tarde, y se comprometió a enviarle una postal de la capital del Nilo.

Alargar la tarde le parecía innecesario. La acompañó al *parking* del centro comercial, donde tenían los coches. Los dos sabían que no se volverían a ver.

De regreso a Madrid, el grado de decepción que experimentaba era parecido al que sintió cuando fue a Gerona. La diferencia que lo separaba de aquel solo estaba en la distancia. Cuatrocientos kilómetros.

24

La reconversión del Estudio 53

Tras la decepcionante búsqueda por aquel medio cibernético, intentó agotar todas las posibilidades.

Se apuntó a clases de inglés y de arte dramático. También hizo un curso de buceo y otro de patinaje, al tiempo que se hizo socio de un macro gimnasio recientemente inaugurado en la plaza Carlos Trías Bertrán. Se llamaba Halliday. Allí era asiduo de las clases colectivas, en las que solía haber alguna mujer compatible con su edad.

Caminaba por la vida abstraído, pensando en aquellos tiempos únicos (como todos los tiempos), que le tocó vivir por imperativo de la suerte, y no por los efectos del destino, en el que no creía.

Continuaba herido con el corazón maltrecho, y un dolor profundo ubicado en el alma, del que pensaba no sanaría nunca. Aquella dolencia que, según los entendidos, solo la curaba el tiempo y el olvido.

Después de dos años buscándola por todos los rincones, desistió. Llegó a la conclusión de que no existía una réplica de Julia.

Asumiendo aquella insustituible pérdida, decidió dar un giro a su vida, lo más alejado posible de la danza, y su recuerdo. Sin ella, el baile, la danza, había dejado de interesarle.

Llevado de una autodidacta solución al problema, decidió poner distancia con aquel mundo, entregándose a un nuevo proyecto de vida.

Abrazado a una postura pragmática, decidió descartar la idea que siempre tuvo de agrandar la escuela de danza (su eterna pasión), para reconvertir aquel espacio en el negocio de moda. Un negocio con cierta relación con el suyo, aunque completamente diferente. Un gimnasio de musculación y *fitness*. Dentro de este segundo apartado, estaba incluido un pseudobaile de moda, llamado gimnasia musical, que pronto cobraría su propio nombre. Aerobic.

Una disciplina que no se ajustaba a ningún género musical en concreto, accesible a todo tipo de personas y niveles. Tener un mínimo sentido del ritmo era suficiente.

La escuela de danza, el Estudio 53, había sido un gran almacén con los techos muy altos, que un concesionario de la empresa Barreiros utilizó en su tiempo, como centro de reparación y venta de coches y camiones de la marca.

Ahora la idea era reciclarse, transformando la escuela en un gimnasio, que se beneficiase de la ingente demanda para este negocio, que no dejaba de crecer. Por otra parte, la escuela no pasaba por su mejor época. Era el momento. Además, quería poner tierra de por medio con el pasado.

Para no correr con todo el riesgo en solitario, le propuso a Mario, un alumno de *ballet* de la escuela formándose en el conservatorio, y procedente de una familia bien, que le acompañara en aquella aventura al cincuenta por ciento en los beneficios, y en la inversión de la obra. El local permanecería de su propiedad.

Una propiedad reciente, tras concluir con el pago de la hipoteca, a la que aquel inmueble le tuvo sometido diez años.

El proyecto, apoyado por la potentada familia de Mario, se puso en marcha.

Al tiempo que se solicitaban los permisos, el grupo de profesores de la escuela se fue reubicando en otros centros. Algunos de edad ya avanzada para la danza, abandonaron definitivamente esta actividad, que demandaba mucha juventud.

De aquella entrañable familia, solo tuvieron cabida en el nuevo proyecto Vicky, como profesora de sevillanas, actividad que estaba de moda, y Mario, que, sin abandonar su carrera de bailarín, colaboraría en las clases de mantenimiento. Él se reciclaría como monitor de aerobic. Sus limitaciones para la danza profesional no le impedían ejercer la práctica de esta incipiente actividad, que no entrañaba una gran implicación física. Tampoco demandaba grandes conocimientos del baile.

Como refuerzo a aquellos profes de la casa, contrató como monitora de aerobic a la profesora que impartía las clases en el centro donde obtendría el título de esta disciplina. Una imponente danesa, de incuestionable reclamo comercial. Se llamaba Ingrid.

Con la contratación de un joven karateka que le envió la federación y un culturista del gimnasio Orthos, quedaría completado el equipo encargado de conseguir el éxito.

La obra, en manos de un amigo aparejador, se programó para ejecutarla en tres meses, trabajando de sol a sol.

La vorágine en la que se había metido le impedía pensar en nada más que no fuera en aquel ilusionante proyecto. Al tiempo que avanzaba la construcción, dedicaba los fines de semana a adquirir conocimientos de aquel nuevo mundillo, matriculándose en diversos cursos relacionados con la nueva actividad. También acudía al Halliday para plagiar las clases de los buenos monitores.

Después de tres meses de discusiones y tensión diaria, para que no decayera el ritmo de aquella construcción, esta acabó en el tiempo y forma pactada.

Los seis estudios de baile se unificaron en dos. Una gran sala polivalente y una de uso específico, de culturismo.

De esa manera, el estudio de danza de la plaza de Manuel Becerra, su Estudio, quedaría transformado en un gimnasio *fitness*, con personalidad propia, sin renunciar al nombre original.

A este se le sumó una palabra que hiciera referencia a su pasado: la palabra Dance. El nuevo gimnasio se seguiría llamando Estudio 53, con el añadido de Dance and Fitness. Una terminación en inglés, como técnica muy extendida en la publicidad.

También conservaría la estética de siempre. Mucho mármol y espejos, además de abundantes cuadros de variados deportes, que sustituían a los de famosos bailarines. Estos, ampliados a gran formato, cubrían el alto perímetro de la sala central, iluminados a través de apliques de luz que incidían sobre el cuadro. La luz indirecta de esta técnica de iluminación generaba un ambiente motivante, que daba una identidad de inequívoca personalidad.

También se conservó la cascada de la entrada.

A través de un bombeo continuo de agua, sobre la pared decorada con rocas y vegetación selvática, cerca del alto techo, se despeñaba un chorro de agua a un estanque de la base. Era el motivo decorativo emblemático de la escuela.

Con la decoración resuelta, antes de poner en marcha la empresa, se planteaba un problema que había que resolver.

Los nuevos vestuarios que se crearon, al igual que las salas, también admitían diferente aforo. Uno tenía gran espacio y el otro era de reducidas dimensiones.

En ese momento en Madrid, la competencia no mostraba una clara superioridad. A excepción del recientemente inaugurado Halliday, el nivel de los gimnasios existentes, con un poco de originalidad, era perfectamente superable.

Había que adaptar las dimensiones del local a una nueva forma de trabajar, basada en el entrenamiento en grupo.

Un formato muy alejado del que aplicaba la competencia, que incidía en la libertad individual para interpretar el esfuerzo.

Este era el resultado de trabajar con el entrenamiento escrito y ejecutado según el criterio individual de cada uno, respecto a la intensidad y el ritmo. Los papelitos con dibujos que aquellos gimnasios proporcionaban a los alumnos, de difícil interpretación, podían tener de contenido una hora de trabajo o toda la mañana, dependiendo de la interpretación subjetiva, según qué punto de vista.

Después de una concienzuda reflexión, se decidió poner en marcha la actividad.

25

El nuevo gimnasio cumplía las expectativas

El nuevo Estudio 53 abrió sus puertas un caluroso mes de junio, con Madrid derritiéndose en una calurosa noche, donde los Rolling Stones enloquecían a las masas en el estadio Vicente Calderón.

Como método de trabajo propio, diferente a lo que había implantado en el mercado, se decidió optar por el esfuerzo en grupo, con clases dirigidas de principio a fin.

Estas clases tendrían un formato muy definido: una parte, potenciando la flexibilidad; la otra parte, de activación cardio-vascular, y la tercera, de tonificación. Sin contar con la fase de calentamiento.

Cada apartado constaba de quince minutos que, multiplicados por cuatro (calentamiento, estiramientos, cardio y tonificación), hacían un total de sesenta minutos. Una hora.

La última fase, la de tonificación, se hacía en la sala de pesas que comunicaba con la sala central, a través de una gran cortina de separación. Cada hora, un grupo de treinta o cuarenta personas recibía una propuesta conjunta, dirigida por un profesional cualificado, implicado en el grupo como referencia a seguir.

Aquel método era unánimemente aceptado. Todo el mundo asumía no tener voluntad de sacrificio trabajando en solitario, haciéndose necesaria la implicación directa del monitor. Un método que para la empresa conllevaba una dificultad.

Mover en bloque cuarenta personas cada hora hacía necesario disponer de dos vestuarios que pudieran absorber de golpe aquella masa de gente. Dado que el gimnasio solo contaba con una parte de aquel requisito (un vestuario era pequeño), hubo que adoptar una solución ingeniosa y, por otra parte, bastante novedosa, para solucionar el problema de la falta de espacio.

El Estudio 53 sería unos días para mujeres y otros para hombres.

Aquel formato de trabajo funcionaba a la perfección.

Los días que el gimnasio era utilizado solo por mujeres, estas deambulaban por toda la instalación con total libertad, haciendo que el espacio se multiplicara. Lo mismo sucedía con los hombres.

Aquella manera de interpretar el funcionamiento de la empresa conllevaba disponer de dos grandes bolsas de clientes muy diferenciados: martes y jueves, mujeres; y lunes y miércoles, hombres. También estaba diferenciado el trabajo. El aerobic estaba dedicado solamente al público femenino. El viernes no hubo más remedio que aceptarlo como de uso mixto, con la consiguiente incomodidad.

El fin de semana, sábado y domingo, la empresa cerraba.

El éxito de aquel negocio era una constatación diaria, que le llenaba de estímulo, sobre todo, pensando que aquella decisión había sido un acierto. Un nuevo fracaso, aunque este fuese en el campo profesional, habría sido difícilmente asimilable.

Ya cerca de la Navidad, la consolidación de aquella empresa quedaba reflejada en una cuenta de resultados que no dejaba lugar a dudas. Aunque aún era pronto, se empezó a plantear cómo invertir aquellos beneficios.

Una inversión que pasaría por cambiar de casa.

En pleno mes de abril, con los vientos del negocio absolutamente favorables, comenzó a buscar un nuevo lugar donde vivir.

Su talante reservado e individual le hacía detestar vivir en la colectividad de un piso, al que asociaba a un hotel, donde todos accedían por la misma puerta a sus habitaciones, rodeado de vecinos por todos los lados.

Ahora se planteaba la posibilidad de ser el único inquilino que habitara en su casa, con acceso absolutamente privado.

Pensando en aquel objetivo, un domingo por la tarde lo dedicó a explorar la zona norte de Madrid, mucho más atractiva que el reseco sur, carente de vegetación.

Aquel día, mientras conducía distraído oyendo el resultado de la quiniela por la carretera paralela a un río en dirección a Torrelaguna, observó junto al pueblo de Talamanca del Jarama una masificada plantación de grúas, que indicaban una febril actividad constructora.

Atraído por una promoción de casas unifamiliares con el tejado de pizarra negra, que las hacían originales y bonitas, se detuvo para recabar datos acerca de su precio. Se dirigió a la caseta de información que permanecía abierta en fin de semana.

Allí, un señor impolutamente trajeado le aportó todo tipo de datos referidos a calidades de aquellas casas, así como próximas inversiones en equipamientos sociales de la zona. Naturalmente, también le informó del coste de las viviendas.

La casa piloto era una maravilla. No estaba dispuesto a irse sin cerrar el trato. De repente, había decidido vivir allí para siempre, al lado del río Jarama.

La decisión le parecía acertada, le dijo el vendedor, el único inconveniente es que tendría que comprar sobre plano, ya que aquella promoción estaba toda vendida.

En una parcela limpia de vegetación, entre el esquema de los cimientos pintados de cal, de futuras casas, eligió la suya. Una casa que tardaría un año en construirse. Ni un día más, ni un día menos, le aseguró el elegante vendedor, mientras le daba la mano empeñando su palabra.

Durante aquel año iba todos los fines de semana para ver crecer su futura morada.

Mientras tanto, aquella empresa no dejaba de crecer, así como la cuenta bancaria de los dos socios.

Como reflejo de aquellos tangibles beneficios, Mario también se compró un chalé. Este lo adquirió completamente terminado y en una zona que correspondía al poder adquisitivo de su familia. Se lo compró en Aravaca, cerca de sus padres.

Por lo demás, la vida seguía un exitoso curso, inimaginable tiempo atrás, donde el aerobic se consolidaba como el *boom* del momento, al que había que prestarle mucha atención.

A Ingrid, su compañera y competidora de seducción de clientes, a pesar de tener menos noción del baile que él, se la notaba más segura y creativa en aquella disciplina. Un hecho que, dada su vanidad y sentido de la perfección, había que subsanar.

De vez en cuando se organizaban cursos de fin de semana, a los que acudía con la intención de recabar información (básicamente nuevas coreografías), de las que extraía todo lo aprovechable para sus alumnos.

Un cometido que a veces se hacía complicado, ya que memorizar el dibujo íntegro de alguno de aquellos interesantes trabajos, mediante esquemas y flechas, daba un resultado final que dejaba mucho que desear.

Una vez abandonado el momento presencial del baile, con aquellas referencias gráficas se hacía complicado recomponerlo.

Para solucionar aquel problema y retener en la memoria aquellos aprovechables dibujos coreográficos, optó por la solución infalible que daba una cámara de vídeo.

Se compró una cámara. Una Sony 500, idéntica a la de aquel curso de cine.

Con aquella cámara grababa todas sus clases. De esta manera las tenía perfectamente identificadas y ordenadas, ya que no le gustaba improvisar. Al trabajo ya iba sabiendo lo que quería hacer.

Tras crear una nueva clase, la grababa para él solo y luego la visionaba para ver los defectos que tenía que corregir. Cuando decidía que estaba limpia de errores, la proponía en clase, seguro de su éxito.

En los cursillos de fin de semana, grababa todo lo que allí se hacía, para luego visionarlo tranquilamente en casa y extraer únicamente lo que se adaptaba a las capacidades de sus alumnas.

Aquella apreciable herramienta de trabajo fue una magnífica inversión en conocimiento, que se veía reflejado en el auge de sus clases.

Con la Sony 500 fue aumentando su videoteca de coreografías. Esto era fundamental para mantener la expectación del público.

Aquella cámara iba dejando constancia de sus progresos como bailarín de aerobic y también de todo lo relevante que iba aconteciendo en su vida. La Sony se estaba convirtiendo en el testigo de su historia.

26

El estudio se moderniza

El crecimiento de aquella industria se hacía patente en la proliferación de gimnasios que se inauguraban por todos los puntos de la ciudad. Todos compitiendo entre sí, en espacio y equipamiento.

Al tiempo que esto sucedía, también se estaba imponiendo el culto al cuerpo, a través de las pesas. Muchos centros emblemáticos de artes marciales se estaban reconvirtiendo en gimnasios de culturismo.

Eran salas de grandes dimensiones, equipadas con un gran volumen de material muy primario. Este se reducía (aunque masivamente) a barras, discos y mancuernas.

La sala de musculación del estudio estaba equipada con este material anticuado. Anticuado para el público que no buscaba la hipertrofia muscular.

Para corregir este detalle y posicionarse en el mercado como un gimnasio vanguardista, decidió, en consenso con Mario, desprenderse de aquel material obsoleto de la sala de culturismo, para convertirla en una moderna sala de tonificación con máquinas. Una herramienta de trabajo, disponible en ese momento, solo en el Halliday.

Una mañana en el puente aéreo, puso rumbo a Barcelona para constatar de primera mano las excelencias de una marca italiana del sector, que hacía una revista de equipamiento deportivo.

Aquella empresa que, por el nombre, parecía vender un producto indestructible, se llamaba Metal Sport.

Salter, la empresa catalana que comercializaba la maquinaria, lo llevó a un gimnasio equipado con aquella maravilla. Estaciones de trabajo de estructura irrompible para todos los grupos musculares.

Además de la solidez y la estética del hierro macizo cromado, la insonoridad de las poleas planas, con las que aquellas máquinas iban equipadas, hacía de la sala un espacio absolutamente motivante.

Después de dos horas disfrutando del espectáculo, dio por verificada satisfactoriamente la atinada publicidad de aquella marca.

De regreso a Madrid sentía que, con la compra de aquella infraestructura, el Estudio adquiría un nuevo impulso en su ascendente progresión.

27

La casa de Talamanca

Después de un año, a la vuelta de las vacaciones de verano, fue a dar una vuelta por Talamanca.

La casa ya estaba terminada.

Había dejado el coche fuera de la urbanización, para dirigirse andando hacia la promoción, donde lucían todas las viviendas perfectamente uniformadas. Todas guardaban la misma estética.

Una de aquellas bonitas viviendas era la suya.

Parado frente a aquella coqueta casa, veía allí almacenada el resto de su vida.

El encargado de obra, del que de vez en cuando obtenía permiso para inspeccionar el curso de la construcción (mediante la compensación de una botella de *whisky*), ese día lo acompañó hasta el interior de su casa, ya completamente terminada.

Una vivienda grande de dos plantas, con buhardilla, sótano y garaje, que contemplaba como una acertada inversión, pero sin una habitabilidad a corto plazo. Aquel caserón tan grande no invitaba a encerrarse allí, a vivir solo.

De momento, su uso inmediato estaría reducido a compartir una barbacoa entre amigos, algún fin de semana que otro.

La piscina, que algún vecino estaba acometiendo sobre la parcela disponible, debería esperar.

Aquella vivienda, pensada como definitiva morada, requería llenarla de afectos y amores, a través de una familia. La familia que nunca tuvo.

Como consecuencia de ser hijo único, huérfano de padres desde los seis años, la soledad siempre le había acompañado, de manera voluntaria y satisfactoria. Ahora que empezaban a pesarle los años, recibir al futuro en una soledad impuesta le resultaba una circunstancia poco estimulante.

De momento, no se desprendería del piso alquilado de la plaza de la República Dominicana.

28

El *step*

Aunque ya estaba curado, no quería alterar la plácida vida en la que se había instalado su corazón. Por otra parte, no le agradaba la idea de hacerse viejo solo y, dado que no creía en el destino, esa era una cuestión que a corto plazo debería abordar. De momento, aquel déficit sentimental lo resolvía utilizando una poblada agenda de amigas, sin ninguna implicación emocional.

Por otra parte, la frenética actividad del gimnasio lo mantenía suficientemente entretenido y motivado.

Después de seis años, la ilusión en aquel proyecto se mantenía intacta, y los beneficios aportados hacían que todos los mimos hacia aquella salvadora empresa estuvieran justificados.

Ahora se trataba de dar un paso más, anticipándose a la competencia, en una moda surgida en Estados Unidos, que aún no había recalado en España. Se llamaba *step*.

Esta modalidad aeróbica consistía básicamente en subir y bajar un escalón, que se podía graduar en altura mediante una sencilla modificación de la base.

El hacer divertido su uso dependía de la creatividad del monitor, ya que admitía todo tipo de coreografías.

La presentación en sociedad en España de aquel original complemento se hacía en un curso impartido por una americana en el pueblo malagueño de Benalmádena. Con objeto de ser los primeros en comprobar su eficacia, un fin de semana, la danesa Ingrid, la otra profesora de aerobic, y él se desplazaron a aquel pueblo de Andalucía.

Desde el primer momento, aquel artilugio utilizado al unísono por la masa se hacía absolutamente cautivador. La inversión en aquel producto se hacía claramente justificada.

Tras llegar a un acuerdo de coste y logística con el comercial de Reebok, la marca autora del invento, adquirió cincuenta unidades de aquel atractivo elemento de trabajo.

Antes de poner en marcha aquella nueva disciplina, en un televisor de muchas pulgadas con vistas a la calle, que había en la entrada, se estuvo proyectando durante un mes clases de aquel curso que grabó, como hacía siempre que se desplazaba para aquellos eventos.

Durante aquellos treinta días, la expectación entre los socios del gimnasio y los viandantes que se veían obligados a detenerse ante la innovadora sesión de cardio, anticipaba un éxito seguro.

El estreno de aquellas originales clases fue un éxito total.

El gimnasio se consolidaba como una empresa vanguardista y los socios del Estudio 53 podían presumir de ser los primeros en disfrutar de aquella novedosa experiencia.

29

Al estudio le sale un competidor

Pasaba el tiempo y en el horizonte comenzaban a aparecer amenazantes nubarrones.

El acoso de la competencia comenzaba a hacerse visible en el crecimiento de grandes superficies dedicadas al *fitness*.

Se habían inaugurado varios Halliday en diferentes puntos de Madrid, así como diversas cadenas multinacionales. La zona de Ventas, donde estaba ubicado el Estudio, todavía se mantenía virgen. Que aquel privilegio cambiara era una cuestión de tiempo.

Después de siete años dejándose llevar por el éxito, una mañana, mientras se dirigía a desayunar al bar Casa Antonio, en la calle Dr. Gómez Ulla, a poca distancia del gimnasio, aparecía sobre la fachada de un local cerrado (cerrado hasta aquel momento) una enorme pancarta, anunciando la inminente apertura de una macroinstalación deportiva.

El local donde estaba la pancarta pertenecía a la empresa de saneamientos Roca. Aquel inmueble que siempre había estado cerrado entrañaba un potencial peligro.

La única referencia que se tenía del mismo era que la empresa de saneamientos lo tenía de almacén. No tenía columnas y era completamente diáfano. Perfecto para un gimnasio.

En aquella inquietante lona se anunciaba la apertura de un club deportivo de grandes dimensiones, equipado con aparatos de última generación y las últimas tendencias en clases colectivas. Entre las actividades que se anunciaban, estaba una gran sala de *spinning*. La actividad de moda, consistente en hacer ciclismo en grupo.

Entre los servicios adicionales, el nuevo gimnasio anunciaba una variada oferta. Ofertaba sauna, masajista, peluquería, nutricionista y, naturalmente, *personal trainer*. La información de las actividades se anunciaba en inglés, para darle una connotación más cosmopolita y convincente.

Nunca se imaginó que alguien se atreviera a desafiar al Estudio, a tan poca distancia.

Competir en igualdad de condiciones no le habría preocupado en exceso, pero en este caso, la desigualdad era notable. El nuevo gimnasio de la cadena Fitness Place, esa era la multinacional, multiplicaba por cuatro la superficie del Estudio.

La reconversión de aquel gran almacén se había llevado en secreto, según confesión de Antonio, el dueño del bar al que acudía por las mañanas a desayunar. Le dijo que en el interior de aquel inmueble llevaban trabajando algún tiempo, solo que las entradas y salidas las hacían por otra puerta que daba a la calle de atrás.

Esto explicaba que, en tan solo dos semanas, abriría sus puertas el amenazante enemigo.

Ahora, haciendo una comparación, aquella insultante instalación hacía que el Estudio pareciera un negocio de raquíticas dimensiones.

La multiplicidad de salas y actividades de aquel club deportivo daban una total libertad de uso del mismo, sin tener que estar supeditado a días y horario para su uso.

Asimismo, el equipamiento superaba en número y en calidad a aquel ya obsoleto Metal Sport. Además, a la atractiva y funcional superficie, había que añadirle el importe de la cuota de socio. La más barata del sector.

De los ochocientos y pico socios que el estudio había mantenido, prácticamente desde su inicio, en cuestión de dos meses, aquel listado había menguado de manera preocupante.

Mario, su socio, que en su momento había renunciado a una beca en Londres para mantenerse cerca del negocio, ahora entró en pánico ante el futuro que la nueva situación planteaba. Este, tras una realista reflexión, decidió abandonar el barco, ante el anunciado naufragio.

Comenzó una nueva andadura solo, ante aquel osado desafío. Asumiendo que la situación boyante vivida hasta entonces había concluido.

Ahora el objetivo sería mantenerse en pie, con su equipo de contrastados profesionales y la reducida bolsa de fieles socios, que no tenían intención de abandonar aquella que habían tomado como su segunda casa.

La plantilla de seis monitores, más la empresa de limpieza, Andrés y su hijo Luis, suponía un gasto ineludible al que había que hacer frente. Sin contar con Gloria, la eficiente recepcionista y encargada de los asuntos administrativos de la empresa. Gloria, al igual que la empresa de limpieza, era uno de los empleados supervivientes de la escuela.

Aquel equipo y sus sueldos eran intocables. En ningún momento se cuestionaba la reducción de clases. La filosofía del gimnasio había consistido hasta entonces en mimar las clases colectivas, como mejor método de fidelizar a los socios. De hecho, el Estudio era valorado por el nivel de sus clases de grupo.

Para no alterar el contenido que se ofertaba, había que asumir un nulo beneficio. En principio, el objetivo, de momento, sería cubrir gastos.

Se estudiaron las debilidades del contrario, para contrastarlas con las virtudes propias.

Después de un tiempo se había llegado a una relativa igualdad. La tenaz paciencia y la constancia en la pelea comenzaban a dar sus frutos.

30

El Fitness First

Cuando la situación parecía controlada, apareció en la acera de enfrente un nuevo enemigo. Se trataba de la multinacional Fitness First.

El local donde se anunciaba el nuevo gimnasio había sido un cine que llevaba cerrado algún tiempo. El Universal Cinema.

Sobre la fachada de aquella gran sala de proyección «abandonada», los carteles de películas con sus célebres actores eran sustituidos por una enorme lona anunciando el nuevo competidor. Aquel local triplicaba la extensión del Fitness Place.

Los gimnasios de aquella cadena de capital inglés, implantados en otros países, estaban equipados con la última tecnología del sector. También habían introducido un nuevo concepto de gimnasio, difícil de igualar.

Aquellos centros deportivos disponían de unos vestuarios absolutamente espectaculares. Las amplias taquillas, estilo inglés, con zapatero incluido, tenían un sistema de cierre único. Se sustituía la llave tradicional por la tarjeta de acceso. Esta manera de identificación en la entrada también constituía una novedad en el sector.

Además de las espectaculares taquillas, los amplísimos vestuarios disponían de zonas para el secado de pelo y otras para el afeitado. Asimismo, las duchas contaban con gel y champú de uso libre, como cortesía de la empresa.

El espacio central estaba equipado con máquinas de última generación, aunque lo que impresionaba era la zona cardiovascular. Disponía de más de doscientos puestos de cardio (cintas, elípticas, bicicletas, remo, etc.), aunque lo que más cautivaba de la descomunal y elegante sala era su potencial audiovisual.

Frente a los puestos de trabajo, quema calorías, se alineaban una fila de gigantes pantallas de televisión, donde los usuarios podían escuchar la programación de manera personal, a través de unos auriculares inalámbricos, con los que eran obsequiados aquellos afortunados clientes.

Los socios del potentado club también tenían acceso gratuito a una voluminosa videoteca, así como a café, té y zumos de fruta «natural».

Además de todos aquellos servicios, a la hora de inscribirse el futuro usuario del lujoso centro recibía el obsequio de un magnífico saco con el logotipo del club. La publicidad móvil que generaban aquellas espectaculares bolsas de deporte era impresionante. La vía pública estaba llena de gente exhibiendo la publicidad del Fitness First.

Como refuerzo a aquella masiva propaganda, los autobuses lucían fotografías mostrando el poderío de la firma.

Como apoyo a aquel arsenal publicitario, en la calle, grupos de azafatas escrupulosamente seleccionadas abordaban a los peatones para mostrarles las excelencias del nuevo centro deportivo. La maquinaria propagandística para la captación de socios era espectacular.

Aquella publicidad que podría pensarse era engañosa, en este caso no estaba distorsionada. Se ajustaba estrictamente a la realidad. Ver la instalación presencialmente era definitivo. El gimnasio no defraudaba. Se hacía difícil negarse a disfrutar de aquella maravilla.

Aunque la instalación estaba prácticamente terminada y equipada, la empresa no abriría las puertas hasta no dar por concluido el retoque del último detalle.

El Fitness First abrió con un volumen de socios impresionante. Se hablaba de más de cinco mil socios. El potencial de aquella instalación intimidaba.

El Fitness Place, que un año atrás tenía como objetivo liquidar el Estudio, ahora, nada más abrir aquel palacio, se vio obligado a cerrar.

El Estudio 53 se mantenía abierto, aunque competir con aquel monstruo se antojaba una utopía.

31

El Estudio se hace más grande

Había que reaccionar. Competir con el enemigo en tan clara condición de inferioridad resultaba un sinsentido.

Antes de abandonar el barco, decidió morir quemando las naves.

Era el mes de marzo, tenía tiempo para, en verano, acometer un nuevo proyecto. Compró un almacén de ropa pegado al gimnasio, que llevaba tiempo en venta. Una anexión de metros que, en principio, permitiría acortar las distancias con la competencia y haría más competitivo el ya obsoleto Estudio.

El mismo amigo aparejador que hizo la reconversión de la escuela haría esta obra.

De inmediato, este puso en marcha el papeleo.

Aunque los tiempos de bonanza habían permitido saldar todas las deudas, incluida la cancelación de la hipoteca de la casa, los últimos tiempos no habían sido nada favorables. La cuenta bancaria no cubría el coste de aquella inversión.

Dado que no quería tratar con el banco, a través de comprometidos préstamos, optó por asumir el riesgo, libre de deudas. Decidió vender la casa de Talamanca.

Aquella vivienda, pensada para siempre, tendría una vida muy corta.

Había conservado el teléfono de un chino, que en una ocasión dejó en la recepción. En la nota indicaba que compraba pisos, subrayando que la operación la hacía con dinero en metálico. Llamó al chino.

La gestoría que llevaba los asuntos burocráticos de la empresa se encargó de gestionar la venta con el adinerado asiático. La gestión incluía acompañarlo a Talamanca para ver la casa.

En una semana se cerró el trato, sin ninguna contraoferta del comprador. Este no cuestionó en ningún momento el valor de aquel inmueble. No entró en el habitual regateo de toda compraventa.

Un día fue citado en las dependencias de la gestoría, donde le esperaba aquel hombre bajito, con un maletín repleto de billetes. Cuarenta millones de pesetas.

★★★★★

Durante los meses que precedían al verano, el tiempo se hacía excitante, pensando, ilusamente, en la trampa que le estaba preparando al enemigo.

Llegó agosto.

Durante una unánime excedencia de uso, durante aquel mes, por parte de sus incondicionales y fieles socios, comenzó la construcción de aquel añadido espacio.

Una obra cuya dirección delegó por completo en aquel aparejador, un amigo de toda confianza. Aun así, para seguir de cerca los acontecimientos, ese año cambiaría la distante playa de Zarauz a la que iba siempre, por la cercanía del *camping* de La Cabrera.

Una decisión que también tenía que ver con una economía que aconsejaba cambiar de hábitos.

Como sucedió la vez anterior, su eficiente amigo terminó la construcción de aquel añadido espacio en el tiempo acordado. En el mes de agosto.

El nuevo gimnasio lucía un aspecto completamente distinto.

Aquella multiplicación de metros cuadrados permitió crear una gran sala de musculación, además de otro vestuario. De la pequeña sala de culturismo surgió otra de *spinning*, con capacidad para cuarenta bicicletas.

Aquella reforma también permitió la construcción de un despacho más grande del ya existente.

Ahora se podría acceder al gimnasio los días de libre elección y con uso mixto de todas las actividades.

32

Su nuevo domicilio

Mientras tanto, después de un año de intensa pelea, llegó el verano en unas cuestionables perspectivas de supervivencia.

En agosto, durante una semana, se fue a la sierra a meditar, a pensar en el futuro.

En el Estudio se quedó al frente del negocio Javi, el culturista que formaba parte de aquel ilusionado equipo de los inicios.

Como los dos años anteriores, eligió como lugar de descanso el *camping* Pico de La Miel en la sierra de La Cabrera.

Tras aquellas cortas vacaciones, un nuevo año, un nuevo curso comenzaba a transcurrir en unos niveles de sostenibilidad económica preocupantes. Los últimos meses el negocio terminaba en números rojos.

Ante la insostenible situación, tomó una decisión drástica. Pensó adoptar el despacho como su domicilio.

Un día trasladó el mobiliario y enseres de su casa alquilada de la Plaza de la República Dominicana a un guardamuebles que había en la carretera de Burgos, que siempre veía cuando iba a la casa de Talamanca. Liberar el lastre de ciento treinta mil pesetas suponía un gran alivio para su maltrecha economía.

Pronto adoptó el gimnasio como su nueva casa, guardando las necesarias apariencias.

De cara al exterior, no debería de dar muestras de debilidad económica. Nadie debía pensar que dormía allí.

Para alejar aquella posible sospecha, se apoyó en la credibilidad que daba la imagen convincente de poseer un coche de alta gama. Se compró un Jeep Grand Cherokee, de segunda mano, con los cristales tintados, para pasar desapercibido en un momento dado.

Por las noches llegaba a «casa» cuando todos se habían ido. En su despacho tenía un sofá cama, además de radio, televisión, teléfono y un pequeño frigorífico, siempre abastecido de yogures y fruta. Sus alimentos preferidos. También, la lavadora con la que se lavaban las toallas y cortinas de las duchas le servía para cubrir las necesidades básicas de habitabilidad de la improvisada vivienda.

Por las mañanas, antes de que llegara Andrés con su hijo a limpiar, abandonaba el secreto domicilio para no ser sorprendido durmiendo furtivamente.

Buscando un paraje campestre fuera de la ciudad, encontró uno en la carretera del Pardo junto al río Manzanares, que reunía las condiciones que buscaba. Su segunda casa.

Allí dormía por las mañanas y también echaba la siesta.

33

El Fitness First cambia de dueño

Había pasado casi un año.

El negocio se mantenía en una esforzada economía neutra. No tenía beneficios y tampoco generaba pérdidas. La inversión llevada a cabo con la reforma no se traducía en algún mínimo beneficio que justificara aquel gasto.

Realmente, el gimnasio había crecido en extensión y también había adquirido un formato de trabajo muy parecido al de la competencia, con una flexibilidad total de uso. Sin embargo, había que admitir que aquel era superior en todo. En todo, salvo en las clases colectivas, en las que el Estudio contaba con los monitores más implicados y formados.

Ya a punto de la llegada del verano, surgía una nueva sorpresa.

Una mañana apareció un gran cartel en la fachada del gimnasio de enfrente. Se anunciaba el cambio de dueño.

En letras grandes figuraba el nombre de la nueva cadena. Se llamaba Home Place.

Con letras aún más grandes resaltaban las nuevas tarifas. Las cuotas que anunciaban eran el cincuenta por ciento más baratas que las del Estudio.

Aunque ya estaba curtido en la batalla, el nuevo enemigo proponía una pelea muy agresiva. Este mantenía la misma instalación, con una rebaja en los precios imposible de igualar. No obstante, habría que esperar sus movimientos, asumiendo que, después del gasto que produjo la obra, no quedaba otra actitud que seguir hacia adelante. Las circunstancias no daban opción a detenerse. No se podía abandonar.

Por otra parte, había que interiorizar la idea de que volver a los orígenes de rentabilidad pasaba porque el persistente enemigo de enfrente cerrara. El caro alquiler, el gran número de empleados, el elevado gasto en energía, de impuestos, etc., hacía no descartable aquella posibilidad. Que se cumpliera este planteamiento era la única esperanza. Sería cuestión de esperar. De aguantar.

En poco tiempo, se puso de relieve la capacidad destructiva de la nueva empresa.

El Home Place no tenía la categoría del Fitness First. El nuevo propietario había cortado la sauna y cerrado la videoteca. Tampoco regalaban aquellos magníficos sacos ni daban zumos de fruta.

El rival no era tan fiero. La convivencia con aquel gimnasio parecía asumible.

34

El *camping* de La Fresneda

Dejó atrás por unos días el nuevo escenario en el que le ponía el nuevo cambio de dueño de aquel imprevisible local de enfrente.

Un año más, se disponía a pasar las vacaciones en el *camping*, en completa soledad.

En los últimos años había adoptado la modalidad de acampada como medio más barato de hospedaje. Se había convertido en un fiel usuario de dos recintos, con la naturaleza como reclamo. Uno era el *camping* Pico de la Miel, en la sierra de La Cabrera.

Allí quemaba el tiempo nadando. Esa era su distracción en los largos y solitarios días de agosto. Aquel recinto contaba con tres piscinas, una de ellas de cincuenta metros que hacía cómodo el nado, salvo en hora punta que el exceso de bañistas complicaba el tránsito por el agua.

Por aquella razón prefería la piscina de Guadalix de la Sierra, muy poco poblada de gente.

Muchos días bajaba hasta este pueblo para pasar allí el día.

Sus vacaciones de los últimos años habían transcurrido entre aquel *camping* de La Cabrera y otro más modesto y barato cerca del pantano de Santillana. Se llamaba La Fresneda.

Este último reunía una condición muy a tener en cuenta, aparte del precio. Estaba cerca de Guadalix.

Hacía dos años que no iba por allí. Todo seguía igual; las vacas y los caballos seguían pastando alrededor de las tiendas, separados por una valla de madera.

Ese día había estado en el pantano del Atazar solo, todo el día.

Nadar en el pantano no le gustaba, prefería la referencia de la calle de la piscina. Aquel día, para cambiar de escenario, eligió el entorno salvaje del embalse.

Llegó en el ocaso del día, estaba anocheciendo. El sol, que momentos antes se había ido por la montaña rocosa de La Pedriza, daba paso a la luna que comenzaba a asomar por el horizonte opuesto de Rascafría.

Tenía hambre y sed. En un pequeño bar de aquel modesto recinto pidió una cerveza y un bocadillo de queso. Aquel producto lácteo era su preferido.

Desde una terracita elevada donde se ubicaba la pequeña taberna, se divisaban en un plano general las tiendas de acampada y una pequeña piscina que había enfrente.

Con aquel paisaje de fondo se disponía a cenar.

Sentado solo en una mesa, se sentía especialmente triste esa noche.

Siempre en los momentos de soledad, en los que le arrastraba la vida últimamente, pensaba en su pasado. Aquella noche, con la luna iluminando el campo de ganado, pensaba en las noches de verano de su infancia.

El sonido de los grillos y una bombilla que iluminaba la terraza, envuelta en una nube de mosquitos, le llevaba a una noche como aquella cuando era niño.

En la casa de campo de su niñez, en las noches de verano también cantaban los grillos, y la misma luna, que entonces plateaba los pinos invitando a la poesía, ahora «iluminaba» aquella noche sombría. La misma luna de entonces seguía allí perenne, iluminando la noche, pero esta ya no le resultaba conmovedora.

Una bombilla incandescente, como aquella del bar, con un halo de mosquitos en frenético e incansable baño de luz, alumbraba la velada en el jardín de su casa. De fondo, la figura serena de su padre Alberto, y la voz suelta y alegre de su madre María.

Con aquel recuerdo lejano de su infancia, trataba inútilmente de sacarle una sonrisa a la vida, aunque aquella noche nada le suscitaba interés, nada le emocionaba. Miraba a su alrededor y se veía solo.

Allí, un verano más, en la inmensidad de la noche, sentía la soledad y la nostalgia con una nitidez hiriente. Su niñez, su época en el internado. Aquel lúgubre y disciplinario lugar de nefasto recuerdo, donde con la excusa de hacer de él un hombre de provecho, su tía Aurora lo internó. Su paso por el baile, las mujeres que amó. Todo lo sentía ausente… muy lejano.

Sentía en el infinito aquellos tiempos en que derrochaba pasión por vivir y creer en sí mismo. Ahora no estaba seguro de que sus decisiones fueran fiables. Sentía que había transitado torpemente por la vida, hasta encontrarse allí. Viejo, solo y acabado.

Terminó de comerse el bocadillo y pidió una segunda cerveza. Echado hacia atrás sobre la silla metálica, de la fábrica de cerveza Mahou, donde había cenado, apoyó los pies sobre la barandilla de troncos de madera que tenía al lado. Con los pies elevados sobre aquella estructura, entre sorbo y sorbo de cerveza, seguía insistiendo en recordar su vida.

Todos los recuerdos los ubicaba en historias lejanas, sin embargo, en aquel momento se mostraban nítidamente cercanas.

Los acontecimientos condensados en el tiempo hacían que la vida resultara efímera.

En un estado de profundo pesimismo, concluía que, en realidad, la vida estaba sustentada en una evidente mentira, donde nada era para siempre.

Sin modificar aquella postura de vaquero en reposo, miraba la luna y las estrellas con absoluta indiferencia. Aquellos astros cargados de belleza en otros tiempos, ahora solo formaban parte de la ornamentación de la noche.

Apoyándose en su teoría de que dramatizar no aportaba solución, apuró la bebida y se dirigió a la acampada para dormir.

Llegó a la tienda asaltado por la soledad, donde en la oscuridad de la pradera, el cielo parecía más poblado de astros. Decidió ver el espectáculo.

Arrastró el colchón hinchable fuera de la tienda, tal como hacía de niño, cuando le gustaba dormir al raso en el patio de su casa de Puente Genil. En una actitud de cambio de criterio, miraba la luna resplandeciente sobre el cielo poblado de centelleantes estrellas, al tiempo que una brisa fresca movía las copas de los árboles, meciendo la noche al son insistente del canto de los grillos.

35

La nueva cadena se llamaba Basic Fit

Después del verano volvió a la pelea.

Ya había asumido que tendría que convivir con aquel nuevo enemigo de enfrente.

Tenía estudiado al rival, si aquellos lanzaban una oferta, él la contraatacaba con otra. Pero, sobre todo, ponía mucho empeño en que los monitores del Estudio fueran mejores. El Estudio no podía superar aquel gimnasio en metros, pero sí en la calidad de las clases colectivas. En el equipo de profesores.

Esta filosofía era la que había mantenido en pie el negocio hasta ese momento. No convenía desviarse de esta línea.

No había pasado un año, todo parecía bajo control, cuando surgió una nueva sorpresa. El Home Place es absorbido por una nueva cadena.

Un día nuevamente, la fachada del gimnasio de enfrente cambiaba de estética. Un gran letrero anunciaba el nombre del nuevo enemigo. Se llamaba Basic Fit.

En el centro del cartel, dos dígitos de grandes proporciones anunciaban la cuota de socio. Veinte euros (20 €) toda la familia, decía el inquietante rótulo.

Aquella empresa mantenía la misma instalación y la misma filosofía empresarial de la anterior. Una filosofía basada en la austeridad, sin sauna, sin zumos de fruta, etc., pero con el incentivo de una cuota imbatible.

Veinte euros toda la familia sería el *slogan* que se haría visible por todo Madrid e interiorizado por sus habitantes.

El transporte público, autobuses, metro, así como todo tipo de publicidad estática, darían visibilidad al imbatible enemigo. Aquella potente cadena daba muestras de querer arrasar el mercado, sin dar opciones.

36

El refugio del Grand Cherokee

La naturaleza estaba cambiando de color, anunciando el paso del tiempo. La arboleda del río iba adquiriendo un tono amarillento, que indicaba que estaba llegando el otoño.

Aquel entorno ya le era familiar, el canto de los pájaros, los patos y el cisne del río. Aquel bello animal parecía tener delimitado su territorio. De un punto concreto se deslizaba majestuoso hasta otro punto, también concreto. Hacía aquel medido recorrido de una manera sistemática y continuada. Siempre pensaba que aquel enorme pato podría ser una tentación para cualquiera de aquellos indigentes que merodeaban por los aledaños.

También le eran familiares las cotidianas gentes que acudían por allí, especialmente la de los sábados.

Aquellas personas hacían de aquel lugar el sitio perfecto para pasear el perro o hacer deporte. Siempre eran los mismos.

Entre los asiduos visitantes, había un grupo compuesto de cuatro hombres, cuyo aspecto era considerablemente llamativo. Los cuatro eran bastante obesos, de una edad que oscilaba entre los sesenta o setenta años. Usaban unos chándales que hacía difícil pensar cómo aquella ropa se había podido mantener en el tiempo. Parecían ropas usadas en la olimpiada de Amberes. Los ejercicios que realizaban también parecían sacados de una película de cine mudo.

Los movimientos que ejercitaban indicaban que habían practicado boxeo. Trotaban, colgándoles el abdomen, mientras soltaban los puños al aire, con una exhalación respiratoria profunda y rítmica. Uno dos, uno dos, esa era la secuencia y el ritmo que verbalizaban.

Muchos sábados le despertaban los resoplidos de los pugilistas cuando pasaban frente al coche.

Dentro del variopinto público madrugador del sábado, también había una pareja, un hombre y una mujer, que ensayaban malabarismo con mazas. A poca distancia de la pareja circense, un matrimonio (eso parecía) hacía gimnasia ante la atenta mirada de su perro, que les observaba obedientemente sentado.

Estos personajes aparecían todos los sábados a la misma hora y ocupaban el mismo sitio. También hacían las mismas cosas.

Aquel lugar era su segunda residencia. La arboleda del río y el río se habían convertido en su hábitat natural.

Ahora, en el otoño, cuando llegaba por las mañanas veía amanecer. Por las tardes, después de la siesta, asistía a la puesta de sol desde la ventanilla del coche.

Desde la ventanilla del Grand Cherokee, veía pasar la vida, con la esperanza de que llegaran tiempos mejores.

37

El ocaso del estudio

Él ya hacía tiempo que no daba clases, ese trabajo docente lo tenía delegado en aquel grupo de fieles profesores. No mantenía un innecesario control sobre el negocio, consciente de que estaba en las mejores manos. Muchos días, para no constatar la deriva de la empresa, apenas iba por allí. Solo pasaba por el despacho, por una cuestión de fuerza mayor.

Tenía la sensación de estar asistiendo a la agonía del gimnasio. Una agonía que ya duraba años, cuando sucedió un punto de inflexión en la vida de aquella vieja escuela.

Nuevamente, el contrincante de siempre le proponía una pelea absolutamente desigual. Una apuesta a la ruleta rusa, con resultado inapelablemente negativo.

Una tarde, a plena luz del día, un camión cargado de vallas metálicas perimetraba la fachada del Basic Fit, junto a la de una tienda de ropa que anunciaba descuentos por cierre.

La conclusión del metálico vallado fue la instalación de un gran panel, donde se anunciaba la ocupación de aquel local por la multinacional más potente del momento. La cadena O2.

Dentro de los servicios que anunciaba el amedrentador cartel figuraba una piscina climatizada.

El listón ahora se hacía infranqueable. No había nada que pensar.

Llamó al potentado chino, que apareció al momento dispuesto a comprar aquel local, con dinero en efectivo. Sin ningún tipo de regateo. Compró el gimnasio, con material incluido. Aunque dijo que aquella superficie la quería para otra actividad.

Al día siguiente acudió acompañado de otro hombre, también asiático, y con el reconocible maletín cargado de billetes. Aquel hombre, enérgico en sus gestos, y parecía que también en sus decisiones, le hizo entrega del dinero acordado. El trato se cerró tras la firma de un contrato privado, seguido de un apretón de manos, antes de pasar por notaría.

A la semana siguiente, un lunes por la mañana, cuando se dirigía al bar de Antonio para tomar café y despedirse del entrañable tabernero, se vio sorprendido por un enorme letrero que lucía en la fachada del que hasta «ayer» había sido su gimnasio.

Sobre un fondo blanco y en enormes letras negras se leía: «HÍPER ASIA».

38

La familia del Estudio 53

En un ambiente de profundo afecto y cariño, organizó una comida de despedida con aquel grupo de trabajadores a los que consideraba su familia.

Una familia donde había visto crecer a su entorno, siendo testigo de sus vidas:

Había visto casarse a Ingrid, su compañera aeróbica, a Luis, el hijo de Andrés —los encargados de la limpieza—, y últimamente a Javi, el exitoso culturista idolatrado por el público femenino. También había estado en el bautizo del hijo de este, nacido de una manera un tanto precipitada.

Asimismo, participó de las comuniones de las nietas de Gloria, (la eficiente recepcionista) y, naturalmente, no podía dejar de estar presente, en las dos bodas de Vicky.

El último evento de aquella familia numerosa había acontecido recientemente.

Él fue el encargado de llevar a casa en su coche, ya amaneciendo, a todos los perjudicados por el alcohol, en la fiesta que organizó para celebrar el acceso de Carlos a la universidad.

Carlos era el sucesor del desertor Mario. El monitor de las clases nocturnas de mantenimiento, que compaginaba rigurosamente con sus estudios, a fin de aliviar su economía de universitario pobre.

Por último, Roberto. Un fisioterapeuta por las mañanas, y triatleta los domingos, era el responsable del *spinning*. Un monitor que, dado el éxito de aquella disciplina *indoor*, tenía un importante protagonismo en el organigrama de la empresa. Vivía en pareja con Nora, una holandesa encantadora, (cuando no estaba bajo los efectos de ciertas sustancias) que pasaba algunas temporadas recluidas en alguna clínica de desintoxicación. Para esta cura, él le adelantaba dinero al enamorado Roberto.

Despedirse de aquellas personas con los que se había sentido arropado y protegido frente a la adversidad generaba un sentimiento de tristeza por un afecto que había crecido exponencialmente en el tiempo. También sentía rabia y frustración, por no haber podido salir airoso de aquella contienda, contando con aquel valor seguro.

Al despedirlos en la puerta del restaurante Las Moreras, sentía que con ellos se iba una parte esencial de su soñadora vida.

39

El reencuentro

Terminando la vuelta al lago, un sonido cercano le devolvió al presente, comprobando cómo se podía resumir la vida en tan poco tiempo.

Pensando en aquella constatable realidad, oía como por detrás se acercaba el cochecito veloz, con su soniquete inconfundible. Se apartó ligeramente para posibilitarle el paso, en el tramo estrecho del paseo adoquinado. El mismo movimiento que le obligó a hacer a ella que caminaba a poca distancia y que, al girarse, la dejó situada de frente.

En aquella posición estática, uno frente al otro, se contemplaban desgastados por la vida. Ella, un tanto paralizada, se llevaba las manos a la cara con gesto de asombro, al tiempo que le lanzaba una pregunta:

—¿Eres tú?

Sin descomponer la figura, asomando el rostro entre las manos de aquella manera, avanzó lentamente hasta llegar a su encuentro. Le miró un instante y, sin verbalizar ningún saludo, lo abrazó y lo acurrucó sobre su pecho.

Sin decir nada, como demandando tiempo para asimilar el momento, se mantenían en silencio. Silencio que finalmente ella interrumpió para decir, a modo de susurro al oído:

—¡Cuánto tiempo!

Él deshizo lentamente el emocionado abrazo para separarla y poder mirarla a la cara. Mirarla a los ojos. Aquellos ojos color miel (ya marchitos), que la hacían conservar el genuino encanto de entonces.

A continuación, le confirmó el tiempo transcurrido:

—Han sido cuarenta y cinco años. Aquello ocurrió en el ochenta, y estamos en el veinticinco.

A aquel dato le restó tres meses más de añadido. No quería que sus sentimientos quedaran al desnudo con tanta evidencia.

Ante tan preciso cálculo, lo miraba con aquella sonrisa de siempre, frunciendo el ceño con gesto de lamento, para decirle:

—Qué viejos somos ya.

Dado que permanecían en pie, obstaculizando el paso de los marchadores, le propuso continuar con el inesperado encuentro, en una de las confortables mesas de la terraza del Urogallo. Allí, dijo que desayunaba todos los días.

Mientras se dirigían a aquel restaurante en tono distendido, ella le hizo una observación acerca de su aspecto físico.

—Te conservas muy bien —le dijo mientras le palpaba el estómago con la mano—. Y no tienes nada de tripa.

Él le correspondió a lo que consideró un cumplido.

—Tú sí que estás magnífica.

Era una apreciación que hacía justicia al esbelto cuerpo que mostraba, a pesar de la edad. Tenía un año menos que él. Setenta y dos.

—¿Sigues bailando?

—No, el baile ya quedó muy lejos, aunque de vez en cuando me veo en la necesidad de alimentar aquella incurable adicción, en una habitación de casa convertida en pequeño estudio. Por lo demás, uso un gimnasio que tengo cerca de casa y, dado que vivo cerca, bajo aquí de vez en cuando a pasear por este precioso paraje.

Al decir que vivía cerca, intuyó que seguía viviendo en aquella casa.

—¿Sigues viviendo donde entonces?

—Sí, sigo viviendo en la casa de mis padres de La Puerta del Ángel que, como hija única, tuve la suerte de heredar.

Ocuparon la mesa, donde él se sentaba todas las mañanas a desayunar, atendido por aquel personaje con el que había entablado una cordial relación. Se trataba del Oso Blanco, ahora transformado en metre, con pajarita incluida.

Esa mañana, como se suponía que quedaba mucho por hablar, y no le parecía elegante hacerlo con la boca llena, le dijo al solícito camarero que solo tomaría café y zumo, prescindiendo del exquisito *croissant*. Ella pidió un té.

Aún era pronto. Corría una ligera brisa que le quitaba protagonismo a los martirizantes rayos de sol, que se iban posicionando al acecho, sobre la copa de los tupidos pinos. De fondo, el lago inundado de patos mostraba toda su actividad marinera, poblado de piraguas, canoas, y los dragones de Madrid, con su rítmico sonido en la mordida de las paladas.

Frente a ellos, por aquel rutilante paso de «atletas», de vez en cuando cruzaba alguno de aquellos estrafalarios marchadores, que ella decía conocer de verlos cada vez que bajaba a pasear por allí. Él, que ya mantenía cierta amistad con aquellos, a su paso, le iba informando de los datos personales de interés de cada uno.

Mientras tanto, entre sorbo y sorbo de té, de manera espontánea, Julia comenzaba a desgranarle su vida.

Miraba hacia arriba, como buscando el cielo entre las enredadas hojas de los pinos, donde parecía guardar el pasado.

—Cuántas cosas han acontecido desde entonces —dijo con la mirada escudriñando el cielo entre las hojas—. No sé a ti, pero a mí me han sucedido muchas. A veces pienso cómo habría sido la vida de no habernos perdido.

En aquella reflexión, hablando en plural, parecía adjudicar una culpabilidad mutua en lo que sucedió.

Aunque no estaba de acuerdo en aquella conclusión, no quiso rebatirla. Admitiendo la tenaz lucha que mantuvo por recuperarlo, trató de darle una respuesta amable.

—Bueno, claramente, aquello fue el eslabón que alteró la cadena de nuestras vidas, y que hizo que todo haya sucedido de esta manera.

—Cuéntame, ¿qué cosas te han pasado a ti? —le dijo él, intentando trasladarle a ella la iniciativa.

—Pues lo más significativo fue que terminé los estudios de medicina en Ciudad del Cabo (tenía necesidad de alejarme) y, a continuación, me fui a cuidar gente necesitada a Angola.

»Tras unos años de aquella altruista experiencia y, puesto que no me esperaba nadie en España (mis padres acababan de ir a verme), volé directamente desde Cámpala a Dublín, donde estuve dos años perfeccionando mi inglés.

»Una vez conseguido el objetivo en Irlanda, ya con las heridas curadas, tenía ganas de volver a Madrid para reencontrarme con el pasado. Había transcurrido mucho tiempo.

»Al otro día de la llegada, fui a dar una vuelta por aquella juventud, que había dejado diseminada por la ciudad. Me dirigí al barrio de Malasaña, y sus legendarios locales de la plaza del dos de mayo seguían allí intactos. Lo mismo sucedía con todo lo que encontraba a mi paso, calle San Bernardo abajo, camino del Rastro. Todo se había mantenido inalterado al paso del tiempo, excepto algo que descubriría después.

»Cogí un taxi y me dirigí a la escuela, aquel lugar que guardaba mi juventud, y un sinfín de inquietudes e ilusiones que quedaron allí sin concluir. Al llegar, me sorprendió el nuevo decorado. En la sala de cine, Universal Cinema, había construido un macro gimnasio y, enfrente, la escuela se había convertido en un bazar chino.

»Tras unos instantes de duda, y ante aquella irreversible reparación, caminé hasta la puerta.

»Pasé al interior de aquella macro tienda asiática, tratando de reconstruir el espacio. Entre decenas de estanterías y objetos diversos, era capaz de ubicar los estudios y toda la ornamentación que configuraba la entrañable escuela. Ya en la puerta, miraba la fachada de aquel inesperado negocio, lamentando profundamente la "profanación" de aquel templo del baile.

»Todavía, cuando ineludiblemente tengo que pasar por esta plaza y veo el letrero del Híper Asia, me embarga el mismo sentimiento.

Sin solución de continuidad, desvió el argumentario a otras situaciones y vivencias donde él no estaba incluido, para terminar, eso parecía, con un apunte final.

—Tras la etapa en África y en Irlanda, estabilicé mi vida, entrando a trabajar en el hospital del Niño Jesús.

»Para estar en contacto con mi otra pasión, comencé a dar clases de baile en el estudio de María de Ávila, hasta que la edad me aconsejó apartarme de aquella actividad física.

—Mira ese personaje —dijo él, interrumpiendo delibe-radamente aquel torrente de información donde no se veía representado.

En ese momento pasaba ante ellos Mary Poppins.

Tras un breve comentario acerca del curioso paseante, con-tinuó con la historia de su vida.

Iba enlazando situaciones y hechos, haciendo crecer una muralla de vivencias, donde al otro lado quedaba aquel amor perdido. Aquella barrera aumentaba en la medida que ella la alimentaba de contenido.

Imbuida en el relato, se detuvo para, girando la muñeca derecha, mirar el reloj y cerciorarse de la hora.

—Pensé que era más pronto. Tengo cita en el ambulatorio de la avenida de Portugal y, aunque no es para algo importante, tengo que asistir si no quiero padecer una nueva lista de espera.

No sintió que tuviera que interrumpir aquella lectura vital de su vida, donde se sentía excluido. Aun así, intentó lamentar la interrupción del relato, compartiendo el argumento final:

—Naturalmente, no corren buenos tiempos para la sanidad pública —le dijo, participando de su punto de vista.

—Para la sanidad y para todo lo demás de índole público —contestó, mientras se recolocaba las gafas de sol sobre la frente.

La respuesta le sorprendió favorablemente. Indicaba que aún conservaba aquel talante idealista, que tanto los unía.

Claramente, la cita médica se interponía en una conversación de contenido político que, como entonces, los llevaría a conclu-siones revolucionarias.

Pensando en aquella lejana empatía, ella se disponía a dar por terminado el inesperado encuentro.

Se puso de pie, al tiempo que sostenía encogidos los hombros, lamentando, con una enternecedora mirada, la anunciada despedida.

Se palpó las gafas que tenía en la cabeza a modo de diadema, y recogió el móvil que permanecía sobre la mesa.

—Bueno, creo que no me dejo nada, esto es todo lo que traía. ¡Ah!, y las llaves de casa.

Del bolsillo del pantalón, sacó un llavero que mostró en el aire.

—Sin esto, me habría quedado en la calle y tendrías que haberme llevado a tu casa.

A esto le añadía una pícara sonrisa, al tiempo que inclinaba hacia un lado la cabeza.

—Por cierto, ¿y tú por dónde vives?

Daba la sensación de que quería recabar el máximo de información en el último momento.

—Vivo en la zona norte, en el barrio de Montecarmelo. ¿Lo conoces?

—Sí, sí, lo conozco. Allí vive una sobrina que es socia del gimnasio Go Fit, del que es adicta a las clases de *spinning*.

Enlazando con aquel tema de los gimnasios, tan de actualidad, le preguntó:

—¿Y tú qué haces para mantenerte en forma?

Ante tanta pregunta y respuesta, parecía que no se daba el momento del adiós.

—Pues nado y hago cosas de bajo impacto. Las rodillas y, sobre todo mi espalda, me recuerdan constantemente aquellos excesos del baile.

Ahora sí, al tiempo que apartaba una silla que se interponía entre ellos, cambió bruscamente el semblante.

Con el rictus serio, abrió los brazos demandando una cariñosa despedida.

Se fundieron en un prolongado y comprimido abrazo, dando la sensación de querer recuperar el tiempo perdido.

Separados de aquella emocionada caricia, con voz serena ella dijo:

—Bueno, no te imaginas lo que me ha gustado volver a verte.

Aquel amor tan destruido no admitía ningún tipo de reconstrucción. Aun así, le quiso hacer una confesión, al tiempo que ella se soltaba de sus manos para marcharse, seguramente para siempre.

Le dijo mirándola a los ojos:

—Sabes, muy a menudo, cuando duermo, suelo soñar con aquella Julia.

Ella lo miró, sin descomponer el semblante serio que había mantenido, en aquel momento de la despedida, y se giró para emprender la marcha.

Durante unos instantes permanecía inmóvil de espaldas, sin dar el primer paso para iniciar el camino.

Como meditando algo, se giró acercándose nuevamente hacia él, en un gesto que parecía portar algún olvidado mensaje.

Le acercó la cara a su oído y, a modo de secreto, le susurró:

—Mira, quiero mostrarte algo.

Elevó su mano derecha hasta la altura de sus ojos, para que tuviera una visión nítida de aquello que quería que viera con precisión.

Era un reloj de esfera blanca, con múltiples arañazos, donde se veía luciendo ya opaca, por el inexorable paso del tiempo, la letra D.

Epílogo

En la seguridad de que lo único que certifica el fracaso es la constatación irrefutable de haber agotado todas las posibilidades.